君と時計と塔の雨

第二幕

綾崎 隼

講談社
タイガ

第二幕
Act 2

君と時計と塔の雨

第一幕

君と時計と嘘の塔

デザイン：bookwall
イラスト：pomodorosa

登場人物紹介

杵城《きじょう》　綜士《そうし》——高校二年生、写真部。主人公。
草薙《くさなぎ》　千歳《ちとせ》——高校三年生、時計部。
織原《おりはら》　芹愛《せりあ》——高校二年生、陸上部。
鈴鹿《すずか》　雛美《ひなみ》——高校二年生。

海堂《かいどう》　一騎《かずき》——高校二年生、写真部。
織原《おりはら》　亜樹那《あきな》——芹愛の継母。綜士の担任。
織原《おりはら》　泰輔《たいすけ》——芹愛の父。
織原《おりはら》　安奈《あんな》——芹愛の姉。
鈴鹿《すずか》　緒美《つぐみ》——雛美の姉。
古賀《こが》　将成《しょうせい》——大学院生。

君と時計と塔の雨

第二幕

第六話

いつか誰かにこの声が

1

傷つくことも、傷つけられることも、上手に避けて。

一番大切な言葉だけ口に出来ないまま、こうして大人になっていく。


閑散とした薄暗い喫茶店に、フランソワーズ・アルディの寂《さび》しげな歌声が満ちていた。

「そろそろ学生さんは帰りなさいね」

年配の店主に声を掛けられ、携帯電話で時刻を確認すると、午後十一時になるところだった。そろそろ終電を気にしなければならない時間でもある。

ほとんど口をつけなかったカモミールティーも、すっかり冷えてしまった。

「もうこんな時間か」

先輩はびっしりとメモが取られたノートに目を落とす。

「そろそろお開きにするべきだな。僕としても聞いた話を整理する時間が欲しい」

目の前に座す草薙《くさなぎ》千歳《ちとせ》は、二度の留年を経験している高校三年生だ。

誕生日を迎え、先輩は既に二十歳《ハタチ》になっている。補導されるような年齢ではないとはいえ、制服を着ている以上、店員に注意されるのも無理のない話だった。

「綜士《そうし》、君に幾《いく》つか話しておきたいことがあるが、まずは店を出よう」

千歳先輩は恐ろしく瘦《や》せていて、色白で髪が長い。百八十センチを超える長身であるものの、声を聞くまでは性別が分からないほどに中性的な容姿をしている。チョコレートばかり食べているし、その佇《たたず》まいには、およそ現実感のようなものが欠如していた。

しかし、外見とは裏腹に、先輩は誰よりも強い精神力を内に秘めている人だ。『タイムリープ』などという不可解な現象に巻き込まれ、途方に暮れるしかなかった俺が、迷いなく頼ることが出来た唯一の人物。それが千歳先輩だった。

「君は電車通学だったな。最終の時刻は覚えているか？」

「二十分後です」

「では、歩きながら話そう」

駅までの道を、先輩は背筋を伸ばして歩き出す。

「君の話が信用に値するものなのか。僕にはまだ判断をつけられない。ただ、聞かされたすべてを真実と仮定して、言っておきたいことがある。君が言うところの五周目の世界で、タイムリープを防げなかったこと。まずはそれを謝罪したい。すまなかった」

「やめて下さい。先輩に責任なんて……」

「いや、僕の責任だよ。それだけの情報を与えられながら、危機を防げなかったことを心から恥じる。まさかこんな形で自身に失望させられるとは思わなかった。便宜的に『五周目の僕』と呼称させてもらうが、はっきり言って信じられないほどに迂闊《うかつ》だ。今、話を聞いた限りでも、確かめるべきこと、打つべきだった手段が、幾つも思い浮かぶ。まったくもって己の浅薄さが恨めしい」

苦虫を嚙《か》み潰《つぶ》したような顔で、先輩は言葉を続ける。

「とはいえ、すべてを整理出来たわけじゃない。しばし、熟考するための時間をくれ。明日の放課後、もう一度、時計部の部室に来て欲しい」

「分かりました」

「それともう一つ。結論も出していないのに、君の行動を制限するのもどうかと思うが、これだけは言わせてくれ」

一度、立ち止まり、先輩は周囲を見回す。

こんな時間だ。俺たちのほかに通行人はいない。

「当面の間、五周目の世界で失敗したことを、鈴鹿雛美《すずかひなみ》には話すな」

俺は十月十日にタイムリープが発生すると、三十日と半日分過去に戻る。

本日は三度目の経験となる九月十日だった。

四周目と五周目の世界の記憶を持つ俺は、出会ってもいない五組の鈴鹿雛美のことを既に認識しているが、千歳先輩は数時間前まで彼女の名前すら知らなかった。雛美がタイムリーパーであること、自由奔放で身勝手な女だということ、幾つかの情報を伝えてはいるものの、先輩にとっては未《いま》だ正体が判然としない人間のはずである。

「それは、どうしてですか？」

俺がタイムリープに至る条件は、想《おも》いを寄せる隣人、織原芹愛《おりはらせりあ》の死を知ることだ。

五周目の世界の十月十日。俺は千歳先輩や雛美と共に、芹愛の死を止めるために三人で動いていた。しかし、夕刻、白新《はくしん》駅で彼女は、回送電車の入ってきた線路に飛び込んでしまう。止める暇もないまま目の前で芹愛を死なせてしまい、『時震《じしん》』の発生と共に、俺の精神は一ヵ月前へと強制的に戻されてしまった。

あの時、時震が起こり、俺の身にタイムリープが発生すると悟った先輩は、過去に戻ったらすぐに自分の下へ来るようにと叫んでいた。

次こそは芹愛の死を止めてみせる。タイムリープの連鎖を止めてみせる。そう、過去に飛ばされる直前の俺に約束してくれたのだ。そして、先輩につられるように雛美も、自分に会いに来て欲しいと懇願《こんがん》してきた。

俺にとって鈴鹿雛美は、タイムリープという悪夢を共有する、運命共同体のような存在である。五周目の記憶を彼女に話すなというのは一体何故《なぜ》だろう。

「過去の自分たちを越えるためにも、徹底的にクレバーに動く必要がある。そのためには、あらゆる懸念を潰さなければならない。『君に話した推理のすべてを、正確に、次に会う僕に伝えてくれ』五周目の僕はそう言っていたんだろ？　そして、その言葉に忠実に応え、君は鈴鹿雛美に対して僕が抱いていた懸念について包み隠さずに話した」

「はい。覚えている限りのことは話したつもりです」

「鈴鹿雛美は何らかの嘘《うそ》をついていた。それを知っていることが、この六周目のアドバンテージであると僕は考える。まずは彼女の隠し事を暴《あば》くべきだ」

「じゃあ、それまで雛美には……」

「近付かなくて良い」

千歳先輩は迷うことなく断言する。

「君の話を信じるか否《いな》か。今晩中に結論を下す。もう八割方の結論は出ているがね。念《ねん》の為《ため》、熟考したい」

気付けば駅のロータリーに到着していた。

「それでは、また明日会おう」

徒歩で通学しているという千歳先輩は、そのまま幹線道路の方角に歩き始めた。

数歩進んだところで先輩は歩みを止め、こちらを振り返る。

「一つ言い忘れていたことがあった」

「何ですか?」

「最初に会いに来てくれたことを嬉《うれ》しく思う」

純真な瞳《ひとみ》で真《ま》っ直《す》ぐに見つめられ、返す言葉に詰まってしまった。

「僕を信頼してくれて、ありがとう。では、おやすみ」

きびすを返し、今度こそ先輩は去っていった。


小さくなっていく後ろ姿を見つめながら、本当に感謝をしているのは、こちらの方だと思った。

芹愛を守れずにタイムリープに至り、直面したのは母が消えた残酷な世界だった。

昨日まで当たり前のように喧嘩《けんか》をしていた母が、生活の痕跡《こんせき》と共に忽然《こつぜん》と姿を消している。これを絶望と言わずして、何を絶望と形容すれば良いのだろう。

恐怖と、混乱と、戸惑《とまど》いの果てに、どうしようもないほどの後悔が爆《は》ぜていた。

それでも、力の抜けた両足で、もう一度、立つことが出来たのは、頼りに出来る相手がいたからだ。千歳先輩なら理解してくれる。先輩ならば絶対に力になってくれる。

たった三週間、行動を共にしただけなのに、そんな確信があった。

俺は五周目の世界で、学校をさぼった雛美を非難したことがあった。しかし、タイムリープを繰り返した今なら、彼女の気持ちが分かる。同じ授業なんて受ける気になれない。雛美が三回、俺が二回のタイムリープを経験したわけだから、これは六周目の世界だ。新しい世界で三度目となる九月十日の朝を迎え、どうにかなってしまいそうな心を抱きながら登校した二年八組の教室。そこには、やはり親友、海堂一騎《かいどうかずき》の姿がなかった。

一人きりで日中の時間をやり過ごし、放課後になると真っ直ぐに時計部へと向かう。当然ながら先輩は俺のことなんて知らなかったわけだが、辛抱強く、まとまりのない話に耳を傾けてくれた。

どういう順序で話せば良いのかも分からなかったけれど、一つ一つ思い出せた順に何もかもを告げていく。俺の話が終わると先輩の質問が始まり、あっという間に時刻は午後七時を回ってしまう。促《うなが》されるまま高校の近くにあった古い喫茶店に移動し、結局、俺たちは十一時まで延々と話を続けることになった。

思い出せる限りのすべてを、正直に話したように思う。今日、意図的に伝えていないことは一つだけ、そもそも先輩が話したがろうとしていなかった、彼の父親の話だけだ。

千歳先輩は人の死に対して、普通以上の拒絶反応を見せる。芹愛の死が自殺ではないかと推測された時に、誰よりも憤《いきどお》っていたのも先輩だ。

そんな心情の背景には、先輩自身の父親の死にまつわる経験があった。幼《おさな》い頃に研究者の父が自《みずか》ら命を絶ったこと。それがトラウマとなっていたのだ。

自ら命を絶った父親を許さない。命を絶つなんて絶対に間違っている。

そう叫んだ先輩ならば、何があっても協力してくれるはずだ。そう確信することが出来ていたし、実際、そんな信頼は間違っていなかったように思う。

駅からの帰り道。

夕ご飯を買って帰った方が良いと、頭では分かっていた。

しかし、存在しないはずの希望を何処《どこ》かで諦《あきら》め切れていなかったからだろう。朝に自宅で見た光景は何もかもが夢だったのかもしれない。そう思いたくて、最後にもう一度だけあがいてみたくて、コンビニもスーパーも素通りして帰宅する。

九月十日、午後十一時四十七分。

帰宅した家には、やはり灯《あか》りがついていなかった。母が消える前の世界では、どんな時間に帰っても、どんな喧嘩をした後でも、帰宅すれば、必ず夕食が用意されていた。けれど、リビングに広がっていたのは、家を出る前とまったく同じ景色だった。

冷蔵庫の中にはろくな食材が入っていない。食器棚の中に入っていたインスタントラーメンを茹《ゆ》でていたら、気付かぬ内に涙が溢《あふ》れてきた。

こんなことになるのなら、あんなに冷たい言葉ばかり、かけたりしなかったのに。

こんなことになると知っていたら、もう少し母をいたわり、家事だって手伝ったのに。

洗濯機の使い方はおろか風呂《ふろ》の沸かし方すら分からない。掃除機が何処にあるのかも分からない。ゴミの分別の仕方も、それを出せる曜日も分からない。自分に出来る家事を探す方が難しい有様だった。

母が俺の名義で作っておいてくれた通帳があったため、当面の生活費に困ることはないだろう。しかし、お金はあっても、それをどんな風に使えば良いかが分からない。


六周目の世界で思い知ったのは、芹愛の死に対する恐怖だけじゃない。

どうしようもないクズだった己の真実を、今、鏡もない場所で突きつけられていた。

2

九月十一日、金曜日。

再度のタイムリープを経験してから迎える二日目の朝。

登校した教室には、やはり海堂一騎《かいどうかずき》の姿がなかった。

タイムリープには一つの代償がつきまとう。過去に飛ぶ度《たび》に、自分にとって大切な人間が一人、消えてしまうのだ。一騎は俺にとって、人生で初めて出来た親友だった。たった一人の友人であり、放課後や休日もいつも一緒に過ごしていた。

そして、家族よりも濃密な時間を共にしていたからこそ、最初のタイムリープに巻き込まれて世界から消えてしまった。二度目のタイムリープで母が消えても、その事実は変わらないままだった。


通算三度目となる授業に気持ちを傾けられるはずもなく、ぼんやりと一日を過ごした後で、放課後、即座に南棟へと向かった。

高台に建つ白鷹《しろたか》高校には、ランドマークとでも呼ぶべき時計塔が存在しており、南棟の三階、時計塔と連結するロビーの隣に、時計部の部室が設けられている。ノックをしてから部室の扉を開けると、ロッキングチェアに腰掛けていた千歳《ちとせ》先輩が振り返った。

時計塔は南棟の中央部を貫《つらぬ》くようにして作られているため、その周囲には幾つか中途《ちゅうと》半端《はんぱ》な空間が生まれている。縦長のこの一室もその一つだった。

時計部には今も昔も先輩一人だけしか所属部員がいない。どんな理屈で手に入れたのかは分からないが、千歳先輩はこの空間を部室という名目で独占していた。

「目の下に隈《くま》が出来ているな。昨日は眠れなかったのか？」

「はい。ほとんど寝つけませんでした」

「そうか。僕も同じだよ。完全に寝不足だ」

時計部の部室は西洋風のアンティーク家具で統一されている。

ダークゴールドのランプ、羽根ペンの置かれた木製机、ガラスキャビネット、独自のセンスで統一された空間は、ここが高校であることを忘れさせるほどに個性的だ。そして、何よりの特徴は、四十七のアナログ時計が白い壁を埋め尽くしていることだろう。

「腰を掛けると良い。早速だが本題に入ろう」

ゴシックテイストの猫脚ソファーに腰を下ろすと……。

「一晩、熟考した結果、君の話を信じないわけにはいかないという結論が出た」

「……信じてくれるんですか？」

千歳先輩なら分かってくれると思っていたが、不安がなかったわけではない。

「人間の記憶というのは曖昧《あいまい》なものだ。たった一ヵ月の出来事とはいえ、すべてを覚えていることは出来ない。実際、君は僕の質問に対し、答えられないことが幾つもあった。タイムリープの説明にも要領を得ない点が散見された。しかし、そういった記憶の揺らぎは、これが創作ではないことの証左だろう。五周目の世界で僕が取ったという行動にも違和感はない。不満は残るものの許容範囲内だ。僕は君の話を全面的に信じる」

「嬉しいです。先輩に信じてもらえなかったら、俺、本当にどうして良いか……」

五周目の世界では『芹愛《せりあ》が駅で夕刻に死ぬ』という情報しか持っていなかった。

だが、タイムリープを経《へ》て情報は精査されている。芹愛が死ぬのは高校の最寄《もよ》り駅、白新駅であり、その死は他殺でも事故でもない。彼女は自らの意志で、回送電車が通過する直前の線路に飛び込んだのだ。その最悪の瞬間を、俺はこの目で目撃している。

先輩が協力してくれれば、きっと今度こそ……。

「鈴鹿雛美《すずかひなみ》には接触していないな？」

「はい。会っていません」

千歳先輩は俺から聞いた話を書き留めていたノートを開く。

「彼女に声をかけられる場所は、白新駅のホームだったな。日時は覚えているか？」

「一騎が、あ、クラスメイトの友達ですけど……」

「大丈夫だ。理解している。最初に消えた君の親友だろう？」

「はい。一騎が世界から消えていることを、俺は担任にクラス名簿を見せてもらうことで認識しました。それが一騎の消失から一週間後の話で、雛美と会ったのはその少し前なんです。時系列は間違いないと思います。ただ、最初のタイムリープを経験する前、つまり四周目の世界では雛美に会った記憶がありません。それが不思議で……」

「特筆するほどにおかしな話じゃないさ。友人が消失したことで君の行動パターンは変わっている。四周目と五周目の出来事に差異が生じるのは当然だ。しかし、僕にも一つの疑念がある。二人のタイムリーパーが駅で偶然知り合うなんて、話が出来過ぎているように思う。その後、君を探して時計部に現れた時も、彼女は君をタイムリーパーだとは思っていなかったんだろ？」

「はい。先輩の提案で一騎の親戚に会いに行くことになって、雛美はそれに無理やりついて来たんです。そこで俺たちの会話を聞いて、俺がタイムリープしているって……」

「偶然の一言で片づけるには出来過ぎているシナリオだ」

顎《あご》に手を当てて先輩は考え込む。

「……やはり鈴鹿雛美は織原芹愛《おりはらせりあ》と並ぶキーパーソンと考えるべきだな。接触してこちらの思惑を悟られる前に、彼女について探っておいた方が良いだろう」

「じゃあ、まずは雛美のことを調べるんですね」

「明日からの土日で、出来るだけ多く彼女の情報を集めたい。だが、最優先で検証すべきことは別にある。綜士《そうし》、消えた君の母親についてだ」

「俺の母親ですか？　でも、そんなことをしても芹愛の命は……」

「僕らの目的は織原芹愛の自殺を止めることだけじゃない。海堂一騎、君の母親、鈴鹿雛美の両親と弟、タイムリープに巻き込まれ、消失してしまった五人を世界に取り戻すこともまた、彼女の命を救うことと同じだけ大切な目標となるはずだ」

言っていることは分かる。そんなことが出来るなら、それが最高だとも思う。しかし、消えてしまった人間を取り戻す方法なんて……。

「海堂一騎について君が調べられることには限度があった。鈴鹿雛美の家族に関してはどうだった？」

「……消えた人間を取り戻す方法なんてないって雛美が断言したから、詳しいことは聞いていないです」

「鈴鹿雛美の場合、本当に協力する気があったのかさえ疑わしいんだ。消失した人間については、まだ、ろくに把握出来ていないと言って良い。そして、今回消えたのは君の家族だ。残された状況、手掛かりを思う存分に追うことが出来る」

ロッキングチェアから腰を上げ、千歳先輩は木製机の引き出しを開いた。それから、一枚のメモを差し出してくる。

「これは僕が現時点で抱いている疑問をまとめたものだ。今日はまず、こいつを一つずつ検証していきたい。そうすることである程度、この現象の輪郭《りんかく》が見えてくるはずだ」

怖いくらいの眼差《まなざ》しで、千歳先輩は俺を見据える。

「あらゆる勝負において、致命傷になるのは二度目の失敗だ。徹底的にやらせてもらう。僕はもう二度と、君にタイムリープはさせない」

3

俺が経験した二度目のタイムリープによって、母は世界から消失してしまった。

しかし、ある瞬間を境に消えてしまったのか。それとも、最初からこの世界に存在していないことになってしまったのか。いずれかによって話は大きく変わってくる。もしも後者なのだとしたら、一体、俺は誰から生まれてきたのかという話になるからだ。

「五周目の僕は、よほど鈴鹿雛美《すずかひなみ》のことを信用していなかったんだろうな。彼女の両親が消えているのに、背景事情を調べていないのが何よりの証拠だ。まともな回答は期待出来ない。聞いても時間の無駄だと考えていたんだろう」

「まあ、何度も言い争っていましたしね」

腹立たしいまでに適当な性格の雛美と、理詰めで考えなくては気が済まない千歳《ちとせ》先輩では、その生き方に天と地ほどの差がある。

白稜祭《はくりょうさい》の前日にも二人は喧嘩をしており、言い負かされた雛美は、先輩が帰った後、腹いせに部室の四十七のアナログ時計の針をめちゃくちゃにしていた。俺がタイムリープしたことで、悪戯《いたずら》が露見することはなかったが、あのまま翌日を迎えていたら、きっと大喧嘩に発展したはずだ。

千歳先輩と共に自宅へと戻り、消失した母について調べていく。

そして、俺たちはようやく大まかなルールを把握することになった。

結論から言えば、消失する人間は、この世界に初めから存在していないことになるわけではなかった。どうやら五年前の八月を境に、母はこの世界から消えたらしい。

正確な日付までは絞り込めなかったものの、五年前の八月といえば思いつくのは一日だけである。八津代祭《やつしろさい》が行われる八月八日。

気象庁の地震計に記録が残らなかった、例の『時震《じしん》』が発生したその日だ。


あの時震の直後に、八津代町に存在する時計は狂いを生じさせている。

千歳先輩の調査によれば、誤差は白鷹高校を中心として同心円状に広がっており、高校に最も近い位置では五十七分四十二秒、徒歩圏内に住む先輩の自宅では四十三分二十六秒、時計の針が先に進んでいたという。

実に四十六ヵ所で誤差を確認し、震源地を白鷹高校と確信した先輩は、四年前にこの高校へと入学する。それから、時計部を作り、留年までして時震について調べていたのだ。

八津代祭の夜、まだ小学六年生だった俺は、打ち上げ花火を横から写真に収めるため、白鷹高校に侵入している。

時震を震源地で経験したせいで、この身にタイムリープが起きるようになったというのが、先輩が立てた現時点での仮説だ。母の消失が五年前と分かった以上、日付に関連性を疑わないわけにはいかない。

母が消失したタイミングを教えてくれたのは、隣県に住む父親だった。八年前に離婚して家を出た父に電話をかけ、母のことを尋《たず》ねると、五年前の夏以降、音《お》沙《さ》汰《た》がないという話を聞くことになった。

五年前なら俺は小学六年生である。それ以降、息子を一人で生活させていたのかと呆《あき》れたわけだけれど、その件に関しては考察する意味がないと先輩が断言した。俺の中に一人で生きてきた記憶がないように、実際にはそんな事実が存在しないからだ。

「消失した人間が五年前以降に所有した物は、この世界から共に消失する。しかし、わずかにでも別の人間が関係していれば、その存在は残る。どうやら、それがこの現象における消失ルールのようだな」

家の中に残る物を調べ、最終的に先輩はそう結論付けた。掃除機や洗濯機など、普段まったく触らないものでも、俺に関係しているものは、すべて残っている。しかし、五年前以降に購入された母個人の所有品については綺麗《きれい》に消え去っていた。

「……一騎《かずき》の弟が一騎のことを知らなかったのも、そういうことなのかな」

「何の話だ?」

「先輩が住所を調べてくれて、海堂《かいどう》家の人間が一騎のことを覚えているか確かめに行ったんです。あいつには小学校に上がったばかりの弟がいて、その子に家の外で兄のことを聞いたんですけど、知らないって言われました。だから、てっきり一騎のことは皆が覚えていないんだって思ったんですけど、小学一年生なら六歳か七歳ですよね。五年前に消えた兄のことなんて覚えているわけがなかったんです」

「興味深い話だ。自分以外に海堂一騎のことを覚えている人間はいない。君はそう話したが、その推理は修正されるかもしれないということだな」

「俺が尋ねたのは、一騎の隣の席に座っていた女子と担任だけです。でも、あいつを小学校時代から知っている奴《やつ》に質問していれば、違った答えが返ってきたのかもしれません」

「確かめる価値のある疑問だ」

「でも、そうだとしたら、やっぱり釈然としないです。離婚した父が、母親の失踪《しっそう》に無頓《むとん》着《ちゃく》なのは理解出来ます。ただ、母は会社勤めをしていたし、友達だっていたわけだから、消えたことを不思議に思って調べる人間がいても良さそうだと思いませんか? 一騎のことだって同じです。どうして家族は今日まで……」

「さっきも言ったが、それは考えるだけ無駄な疑問だ。一昨日までの君は、五年間、一度も母親の消失について疑問を抱いていないだろう? それと同じと考えたら良い。周囲の人間も、一昨日までは君の母が失踪したことを意識していなかったはずだ。いや、現時点でも消失しているこの状況こそが当たり前で、疑問を抱くことはないのかもしれない」

分かるような、分からないような、不思議な話だった。

「母親の所在を尋ねた時、君の父親は鈍《にぶ》い反応を示しただろう？　何故、そんなことを聞かれるのか分からない。そんな反応だったはずだ。何故なら、君の父親にとって、元妻は世界から消えていることが当たり前だったからだ」

「……要するに考えても無駄ってことですか？」

「その理解で十分だ」

それから、俺たちはもう一度、一騎について調べることにした。

家の住所が分かれば、卒業した小学校も分かる。先輩があっさりと一騎と同じ小学校に通っていた同級生を調べあげ、放課後、二人で三人の生徒に会いに行くことになった。

予想は的中する。候補となった三人の内、女子生徒は一騎のことを覚えていなかったものの、残りの男子二人は一騎のことを記憶に留《とど》めていたのだ。ずっと思い出しもしていなかった人間について聞かれたからだろう。二人とも不思議そうな顔をしていたが、返ってきた答えは、推理を補強するに十分過ぎるものだった。

消失する人間のルールについては、ある程度の結論を出すことが出来た。

残るもう一つの目標は、近日中に近付いて来る可能性がある雛美について、先に調査を進めておくことである。

週末である明日から学校は休みだ。

土曜、日曜の二日間を使い、俺たちは雛美について調べることにした。

4

千歳《ちとせ》先輩が職員室のデータベースに不正アクセスして得た情報によれば、鈴鹿雛美《すずかひなみ》の自宅は八津代町の西地区、閑静な住宅街にあった。

五周目の世界で聞いた話では、鈴鹿家は現在、祖母、姉、雛美の三人暮らしである。雛美が経験した三回のタイムリープにより、両親と弟が消失したからだ。

「調べればすぐに分かるような話に嘘をつくとも思えないが、念の為、彼女の家庭について観察したい。早い時刻から家を見張ろうと思う」

同じ過ちは繰り返さない。そう宣言していた千歳先輩は、雛美の話を一から疑ってかかるつもりでいた。

もう一度、俺がタイムリープすることになった場合、次に消えるのは恐らく父親だろう。何より、再び芹愛《せりあ》の命が失われてしまうことになる。

もう二度と、あんな絶望は経験したくない。

ことを慎重に進めるという先輩の方針に反対する理由など一つとしてなかった。

九月十二日、土曜日。

予定通り午前八時に二人で鈴鹿家に辿《たど》り着く。

雛美は俺の顔も千歳先輩の顔もまだ知らないはずだが、呑気《のんき》に家の前で観察などしていたら、不審者に認定されかねない。付近を散策し、丁度良い距離に大きなマンションを発見する。非常階段に身を隠しつつ、鈴鹿家の玄関を観察出来そうな建物だった。

朝ご飯だろうか。人気《ひとけ》のない非常階段に腰を下ろすと、先輩は板チョコを口に運び始めた。いつ見ても先輩はチョコレートばかり食べている。

脳は糖分しか栄養に出来ないと聞く。先輩にとっては適切な食事なのかもしれないけれど、そのあまりにも華奢《きゃしゃ》な身体つきを見ていると心配にもなってくる。

「先輩、おにぎりも食べませんか？　少し多めに買ってきたんです」

「……具の中身は？」

「ツナとタラコですね」

「では、申し出は遠慮させてもらう。ベジタリアンなんだ。生きている時のことを想像してしまって、肉も魚も食べられない」

「へー。何だか可哀想《かわいそう》ですね。卵とか乳製品はどうなんですか？」

「……それも食べられない。食欲がわかないんだ」

どうして申し訳なさそうにしているんだろう。

食事なんて個人の自由だ。好きにしていれば良いと思う。先輩は病的に痩せているから、家族にも色々と言われながら育ってきたのかもしれない。


観察を始めてから二時間、鈴鹿家にようやく小さな変化が起きる。

一人の人物が庭に出て洗濯物を干し始めたのだ。その足取りから、かなりの高齢であることが一目で推察される。あれは祖母で間違いないだろう。

あんな年齢の祖母に家事をさせて恥ずかしくないのだろうか。雛美にせよ、その姉にせよ、手伝ってやれよと、母の手伝いなんてしたことがなかったくせに思ってしまった。

タイムリープで過去に戻されてから、今日で三日目である。そろそろ自分の衣類のことも考えなければならない。洗濯機ってどうやって使うんだろう……。

「彼女の母親が消えたという話は、事実である可能性が高そうだな」

祖母《おば》と思しき人物を眺《なが》めながら千歳先輩が呟《つぶや》く。

「そうですね。俺もそう思いました」

仕事か何かで外出中ならともかく、嫁が在宅していれば、あの年齢の姑《しゅうとめ》に家事を任せることはない気がする。


事態が大きく動いたのは、それから一時間ほどが経《た》った頃だった。

玄関の扉が開き、私服姿の少女が姿を現す。

「あれが雛美です。間違いありません」

双眼鏡を覗《のぞ》きながら先輩に告げる。

白のブラウスにパステルカラーのフレアスカート。以前に見た私服と印象が違ったため、一瞬、彼女の姉かと思ったが、背格好も顔も間違いなく雛美だった。

「綜士《そうし》が把握していた雛美の交友関係は古賀将成《こがしょうせい》の一人だけだったな?」

「はい。知り合って以降、当たり前のように時計部に入り浸っていましたし、校内に友達がいるようには見えませんでした。校外の知り合いも古賀さんしか知りません」

古賀将成は雛美のタイムリープのきっかけとなる人物だ。中学時代の雛美の家庭教師をしていた人物であり、現在は大学院生である。

当初、雛美は彼が自分の恋人であると俺たちに嘘をついていた。そして、嘘がばれたあともそれを認めていない。

結局、雛美が嘘をついた理由を知ることなく、俺は六周目の世界へと飛ばされている。

「彼女の交友関係を知ることで新たな事実が判明するかもしれない。自宅はいつでも見張ることが出来る。追跡しよう」

迷うことなく千歳先輩が決断を下し、俺たちは雛美の尾行を開始することになった。


女子というのは日によってファッションのカテゴリーを変えるものなのだろうか。

私服姿は五周目の世界でも見ているが、以前の彼女は、もっとラフな格好をしていたように思う。しかし、今日の雛美は、ガーリーと言えば良いのか、やたらと女子然としたファッションに身を包んでいる。

最寄り駅から電車に乗り込んだ雛美は、ビルの集中するターミナル駅で降りる。

隣の車両から様子を窺《うかが》い続けた俺たちに気付いた様子もない。

電車を降りて尾行を続けると、雛美が入っていったのは、ビルの地下にテナントを構えるファミリーレストランだった。大通りから直接、地下に入れるようになっており、雛美は立て看板を一瞥《いちべつ》しただけで階段を下りていく。

彼女が消えた後で看板に近付くと、ランチタイムのメニューが手書きされていた。

「やっぱり古賀さんとデートですかね」

少しだけ時間を置いてから、二人で階段を下りていく。

運よくお店の扉がガラス張りになっており、中を覗くことが出来た。

すぐに雛美の姿は見つかる。彼女と相席していたのは男ではなかった。同世代の三人の女子と共に、テーブルについている。

「僕には友達といるように見えるが」

「……俺にもそう見えます」

店員に見つからないよう、身体を斜めにしながら、店内の様子を窺う。

「雛美には同級生の友達がいないんじゃなかったのか？」

「正直、驚いています。あんな風に垢抜《あかぬ》けた友達がいるとは……」

相席している女子高生の三人に見覚えはなかった。俺は八組、彼女は五組の生徒だ。そもそも別のクラスの女子の顔などほとんど知らない。見覚えがなくても当然だろう。

雛美はかなりの変わり者である。夏休み前、白稜祭を中止に追い込もうと、全校生徒の前で事件を起こしてもいる。クラスでも絶対に浮いていると思ったのに……。

「まあ、良い。事実は事実だ。あの三人は彼女の友人で間違いないだろう。それを踏まえた上で、これからの指針を整理しよう。店を出るにはこの階段を上がるしかない。見逃すことは無いはずだ」

確かに、ここでこうしていても意味がない。先輩に促され、階段を上っていく。

そして、地上へと辿り着く直前、俺たちは目を疑う光景と対面することになった。

「どうして君がここに……」

いち早くその人物に気付いた千歳先輩が声を上ずらせたが、目の前の人物は先輩になど目もくれていなかった。

怖いくらいに真顔のまま、彼女は真っ直ぐに俺を見据えている。

「ねえ、杵城綜士《きじょうそうし》。君とは初めましてのはずだよね？　どうして私を尾行していたの？」

意味がまったく分からない。

さっきまで俺たちは彼女を地下で見ていたはずなのに……。

階段の上から俺たちを見下ろしていたのは、ほかならぬ鈴鹿雛美だった。

5

店に裏口でもあったのだろうか。

雛美《ひなみ》はわずかな時間で裏口から店を抜け、階段を上がった俺たちの前に現れていた。

……いや、そんなことは絶対に有り得ない。仮に裏口があったとしても、こんな短時間で先回り出来るはずがない。

「……時間遡行《そこう》の能力か？」

「はあ？　何それ？　何かの台詞《せりふ》？」

低い声で千歳《ちとせ》先輩が尋ねたが、訳が分からないという顔で雛美は一蹴《いっしゅう》する。

彼女の反応を見て、先輩は俺の手を強く引っ張ると、耳元で囁《ささや》く。

「タイムリープという単語を口にするな」

先輩の行動を不審に思ったのだろう。

「何でこそこそ話してるわけ？　質問にまだ答えてもらってないんだけど。ねえ、どうして私のことを尾行していたの？」

「質問したいのはこっちの方だ。どうやって先回りした？」

「別に先回りなんてしてないし」

「しかし、君は店内で友人と語らっていたはずだ。どんな能力を使った？」

再度の質問を受け、雛美は露骨なまでに軽蔑《けいべつ》するような眼差しを浮かべた。

「能力って何？　あんたってアニメおたく？　て言うか、そもそも誰？」

そこで一つの事実に気付く。

先程、目が合った瞬間に、雛美は俺の名前をフルネームで呼んでいた。この六周目の世界では会ったことがないはずなのに、彼女は俺のことを知っていた。一方、千歳先輩のことは認識すらしていない。これは一体、何を意味しているのだろうか。

「僕は草薙千歳《くさなぎちとせ》。二年留年しているが白鷹高校の三年で、君の先輩だ」

「じゃあ、二十歳ってこと？　二回も留年するとか馬鹿《ばか》じゃん」

周回が変わろうと性格までは変わらない。相変わらず言いたい放題だった。

「今度は君が質問に答える番だ。一体どんな能力を使って、僕らより先に地上に出た？」

「だからさ、アニメの見過ぎじゃないの。能力とかマジでウケるんだけど。もう一回、階段を下りて店内を覗いてきなよ。あんたたちの尾行相手は普通に、お昼を食べてるから」

「……ドッペルゲンガーということか？」

意味深に呟いた千歳先輩に対し、雛美は呆れ顔で笑う。

「先輩って真性の痛い人だね。だから違うって。店の中にいるのは私の姉だよ」

「……姉だと？」

雛美はポケットから二つ、携帯電話を取り出して見せた。

「携帯をリビングに忘れて出てったから、追いかけて渡そうと思ったの。そしたら怪しい二人組がストーキングしてるんだもん。びっくりしたわ。しかも、一人は学校で見たことがある顔だったし」

雛美の説明を受け、千歳先輩が怖い顔で俺を睨《にら》んできた。

「……君が間違いないと言ったからだぞ」

先輩は雛美の顔を知らないわけだから、俺の言葉を信じるしかない。しかし……。

「お前、双子だったのか？　そんなこと一言も言ってなかったじゃないか」

「一言もっていうか、そもそも喋《しゃべ》ったこととかなくない？」

そうだった……。駄目だ。頭が回っていない。この世界では今が初対面なのだ。

「すみません。俺のミスです。まさかこんなことになるとは……」

鈴鹿《すずか》家から出てきた雛美の印象に対し、違和感は覚えていた。だが、背格好も顔も同じだったのだ。まさか姉が瓜二《うりふた》つの双子だったなんて……。

「白鷹高校の男子がうちの家を出た女子を尾行しているんだから、まあ、対象は私だろうなってすぐに気付いたよ。だから、こうして二重尾行を試みたわけだけど」

両手を腰に当て、俺たちを見下ろしたまま雛美は告げる。

「そろそろ白状しなよ。学校で私に一目惚《ひとめぼ》れでもしたんでしょ？　それ以外には考えられないもんね。ちゃんと聞いてあげるから、さっさと告白したら？　私を好きなのはどっち？　杵城綜士《きじょうそうし》の方？　それとも、そっちのアニメおたく？」

……こいつ、本気で言っているんだろうか。俺たちのどちらかが、自分と同じタイムリーパーである可能性なんて考えてもいないようだった。どういう生き方をすると、ここまで自分に自信を持てるんだろう。

「計画が完全に狂ってしまったが、こうなった以上、正直に話すしかないだろう。納得してもらうだけならば、さほど難しい話ではない」

階段を最後まで上がり切ると、千歳先輩は日向《ひなた》へと出る。

「鈴鹿雛美。何処か落ち着いて話せる場所に入ろう」

「えー。私に告白するのって色白アニメおたくの方なの？」

本当に何処までも失礼な奴だった。

「何を勘違いしているのか知らないが、僕が興味を抱いているのは君じゃない。君の身に三度起きたという現象だ」

数秒前まで茶化《ちゃか》していた雛美の顔から、一瞬で表情が消える。

「綜士は君と同じくタイムリープを繰り返している。ここは、六周目の世界だ」

6

「彼女が綜士《そうし》の顔とフルネームを知っていたのは不自然じゃないか？」

交差点の向こうにあった喫茶店に入るため、横断歩道を渡っていたら、千歳《ちとせ》先輩が耳元で囁いた。前を歩く雛美《ひなみ》は俺たちの会話に気付いていない。

「出来る限り情報を引き出したい。話の主導権を僕に握らせてくれ」

的に従うつもりだった。

「……お願いします」

俺と千歳先輩では頭の作りが違う。以前の周回の記憶を引き継いでいるのは俺だが、伝えるべき情報は二日間でほとんど話したように思う。先輩に考えがあるのであれば、全面的に従うつもりだった。

喫茶店に入り、席に着くと、先輩は迷いなくメニュー表にあったホットチョコレートを注文した。雛美がルイボスチャイなる物を注文したので、俺もそれに倣《なら》う。

「それじゃあ、早速だけどさっきの話の続きを聞かせて。本当に君もタイムリープをしているの?」

「ああ。先輩が話した通りだ。とりあえず要点だけ説明すると、俺にタイムリープが発生するのは白稜祭の初日で、そこから一ヵ月前に戻ってしまう」

多くの情報を引き出すためにも、彼女との会話は出来るだけ千歳先輩に任せたい。しかし、雛美が先輩を認識していない以上、話し合いの土台は俺が築かねばならない。

「最初は自分の身に何が起きているのか分からなかった。でも、消えちまった親友を先輩と探している内に、お前と知り合って、タイムリープのことを教えられた。それから、三人でタイムリープを止めるために動いたんだけど、結局、失敗して、また過去に戻されることになってしまった」

「最初にその親友が消えたってことね。二回目の時は誰が?」

「母親が消えた」

「そっか……。それは、まあ、何て言うか、ご愁傷様《しゅうしょうさま》……?」

彼女なりに励《はげ》まそうとしているのだろうか。

「気を遣わなくて良いよ。大切な人が消えたのはお前も一緒だろ」

俺が経験した理不尽な痛みを、等しい深さで理解出来るのは雛美一人だけである。

「二回目のタイムリープが発生した時、俺は先輩とお前と一緒にいたんだ。そして、過去に飛ばされる直前に、タイムリープしたらすぐに会いに来て欲しいと言われていた。だから、まずは先輩に会いに行ってすべてを話して、それからお前のところに来た」

「……そっか。駄目だな。君が言っていることは理解しているつもりなんだけど、過去に戻るのが私だけじゃないとか、マジで混乱する。念の為に確認しても良い? 先輩はタイムリープしているわけじゃないんだよね?」

「ああ、もちろんだ。君が考えていることは想像がつく。こんな荒唐無稽《こうとうむけい》な話を、僕がどうして信じられたのか、それが不思議なんだろう?」

「まあ、端的に言えば」

「当然だな。では、まず君の疑問がクリアになるよう、僕自身の話をしよう。その後で質問があれば何でも聞いてくれ」

会話の主導権が千歳先輩へと移る。それから、三十分ほどの時間をかけて、先輩は時計部のこと、五年前の時震のことを説明していった。

何もかもを納得出来たわけではないだろう。

それでも、先輩がこの問題に真摯《しんし》に向き合っていることは伝わったようだった。先輩の話が終わると雛美が幾つかの質問を行い、そのすべてに先輩は正直に答えていった。

千歳先輩にまつわる話が一段落すると、次は俺自身に関する話が始まる。

事情を説明するためには、織原芹愛《おりはらせりあ》の話題を避けて通れない。心の中の最も柔らかい場所をさらけ出すという行為に、眩暈《めまい》がするほどの抵抗感を覚えたけれど、芹愛を救うためには避けて通れない道でもあった。

千歳先輩には大した質問をぶつけなかったくせに、何が面白いのか意地悪そうな顔で、雛美は芹愛について根掘り葉掘り聞いてくる。

そんな風にして俺の話が終わった時には、午後四時を回っていた。

ひとしきり好奇心を満足させた雛美がお手洗いに立ち、千歳先輩が告げる。

「綜士、ここから本番だ」

先輩は雛美の消えた扉を見つめる。

「答えたくもない質問にまで回答させてしまい、すまなかった。だが、お陰でこの後の話し合いがスムーズに進むだろう。綜士がかなり踏み込んだ部分まで赤裸々《せきらら》に話してくれたことで、彼女は警戒心を解いたように見える」

「はい。雛美から情報を引き出すのは先輩にお任せします」


お手洗いから戻ってきた雛美に、千歳先輩がメニュー表を差し出す。

「次は君の話も聞きたい。何か追加で注文しないか?」

「あー。じゃあ、さっき先輩が頼んだ奴にしようかな」

「ホットチョコレートか。率直に言って、お薦めと言わざるを得ない」

内心とは裏腹の微笑を湛《たた》え、先輩は店員を呼んでいた。


「それで、五周目の世界で、私はどんな風に自分のことを二人に話していたの?」

ホットチョコレートのカップをテーブルに戻すと、雛美が問う。

「実は綜士は君から聞いた話について、細部を忘れていてね。むしろ、もう一度、君の口から聞かせてもらいたいと思っている」

千歳先輩の言葉を受け、雛美はもう一度、ホットチョコレートを口に運んだ。

「……もう夕方だよ。重複する話を聞くなんて時間の無駄じゃない。意味のない話は私もしたくない。そっちが先に知っていることを話してよ」

二人は表面上、何食わぬ顔で喋っていたけれど、互いの本音を見透《みす》かそうと牽制《けんせい》しあっているようにしか見えなかった。五周目の世界で、雛美は俺たちに嘘をついている。今、目の前にいる雛美も、上手《うま》く本音を隠そうとしているのではないだろうか。

「分かった。では又聞きになるが僕から説明しよう。ただ、先に断っておくことがある。どうやら君は僕らに一つ、嘘をついていたらしいんだ。しかし、一体どの情報が嘘で、何故、そんな嘘をついたのかが分かっていない。綜士、そうだったな?」

「……はい。自分は嘘をついていたと、雛美は最後にそう言っていました」

話を合わせるため、適当な話を創作すると、雛美が首を傾《かし》げた。

「タイムリープの前に、嘘をついたってことだけ私が告白したってこと?」

語れば語っただけ破綻《はたん》が見えてくることもある。言葉を飲み込んで頷《うなず》いてみせた。

「そういうことだ。これから話す僕らの理解には間違いがある。そして、それが分かるのは君だけだ。だから、君がついたという嘘がどれかを教えて欲しいんだ」

先輩は真実を探るために、雛美を罠《わな》にかけようとしていた。

実際には俺たちは雛美がついた嘘を既に知っている。

古賀将成《こがしょうせい》、中学時代に雛美の家庭教師をしていたという彼が、雛美の恋人であるという話が嘘なのだ。古賀さんには別の恋人がおり、雛美とはただの知人なのである。

雛美は正直にその嘘について告白するだろうか。それとも、五周目の世界でもそうだったように、頑《かたく》なに彼が恋人であると主張するだろうか。

「分かったわ。何で嘘なんてついたのか知らないけど、気付いたら教えてあげる」

雛美の了承を得て、舞台が整う。

「では、まずは僕らが理解している事実を列挙しよう。最も大切な人間の死をきっかけとして、君と綜士はタイムリープに至ってしまう。綜士の場合はその対象が片想《かたおも》い相手だが、君の場合は恋人だ。中学時代の家庭教師であり、現在は大学院生の古賀将成。彼の死をきっかけとして君は過去に戻ることになる」

五周目の世界でついた嘘について、雛美は既に気付いたはずだ。しかし、その顔色には変化が見られなかった。

「君たち二人には幾つかの共通項がある。一つ目は最初のタイムリープが、大切な人間の死の直後に起きているわけではないという点だ。織原芹愛と古賀将成は十月十日、白稜祭の夕刻と夜にそれぞれ死ぬが、君に最初のタイムリープが発生したのは翌朝で、綜士は織原芹愛の死から数時間後だ。これはこの現象の発生条件を読み解くための重要な示唆《しさ》といえる。君たちが過去に飛ばされる直接の原因は、大切な者の死ではなく、その死を知ることだ。それを、五周目の君は僕らに、『絶望』することと表現したらしい」

芹愛や古賀さんの死を俺たちが知らないままでいれば、タイムリープは起きないのだろうか。仮に芹愛が今回も十月十日に死んだとして、俺が何らかの方法で一ヵ月先までその情報に耳を塞《ふさ》いでいられたなら、世界はどうなるんだろう。

芹愛が死ぬ度に、俺は一ヵ月、過去に戻される。戻された後の世界でも芹愛が死んでいた場合、もう一度、そこから一ヵ月前に飛ぶのか、それとも、今度こそやり直すことなど出来やしないのか。その答えは想像もつかない。

「二つ目の共通項は、二度目のタイムリープに至る経緯だ。君たちは大切な人の死を食い止めようとするが、十分な情報がないせいで再び悲劇を許してしまう。とはいえ、綜士は織原芹愛が死ぬ場所と時刻を突き止めたし、君も二周目と三周目の世界を経て、古賀将成の死が夜行祭の最中に起きることを知った。そして、四周目の世界で、君は今度こそ彼を救ったんだ。綜士のタイムリープは夜行祭を終えて帰宅した直後に起きている。時間差を考慮すれば、四周目の世界で君が恋人の命を救ったことは間違いない」

別人のように真剣な眼差しで、雛美は話に耳を澄《す》ましていた。

「三つ目の共通項は、君たちをタイムリープに至らしめる絶望が、同じ十月十日に発生することだ。数時間の誤差があるとはいえ、出来過ぎた偶然であるようにも思う。ひとまず君のタイムリープについて知っていることは以上だ。どうだろう。五周目の世界で君が言っていた嘘というのが何なのか、分かりそうか？」

何かを牽制しあうような沈黙が続き、やがて、

「……私、何でそんな嘘をついたんだろう」

無表情のまま雛美が口を開いた。

「嘘に心当たりがあるということか？」

「我ながら意味不明だけど」

「教えてくれ。君がついた嘘というのは何だったんだ？」

彼女が正直に答えるにせよ、答えないにせよ、これで様々なことが判明するはずだ。息を飲みながら待った回答は……。


「古賀さんは私の彼氏じゃないよ。大学に恋人がいるもの」

五周目の世界では頑なに認めようとしなかったのに。

雛美は古賀将成との関係性をあっさりと白状していた。

「嘘はその一つだけか？」

この回答は先輩にとって予期したものだったのか、それとも想定外だったのか。

「今聞いた限りではそうだね。補足しながら説明しようか。最初にタイムリープが起きた

のは、先輩が言った通り十月十一日の朝だった。白稜祭の二日目って、朝に教室で点呼があるでしょ？　そこでクラス担任から聞いたの。ＯＢの古賀さんが前日の夜に学校で死んだって。それから、タイムリープを経験して、すぐに世界がおかしくなっていることに気付いた。だって、お父さんが消えているのに、誰も不思議に思っていなかったんだもん。自分一人だけがおかしくなったんじゃないかって、そう思いながら半年が過ぎて、二周目の世界でも白稜祭の日がやってきた。それで、夜行祭になんて興味なかったけど学校に残ったの。古賀さんが死んだっていう話が忘れられなかったから。そして、キャンプファイヤーが始まった後、グラウンドで騒ぎが起こって、駆けつけたら彼が死んでいた」

誰一人味方のいない状態で、大切な人の死を目の当《ま》たり《あ》にする。

それは、どれほどの絶望を彼女に運んできたんだろう。

「それから、もう一度、半年前に戻って。今度はお母さんが消えていて。ようやく何が起きているのか分かりかけてきた。そして、もう一度、白稜祭の夜がやってきて……」

「君は古賀さんに連絡を取らなかったのか？」

「もちろん取ろうとしたよ。でも、携帯電話が繋《つな》がらなかったの。それで、二周目の世界で転落死だって聞いていたから、南棟の屋上で待ち伏せすることにした。でも、白稜祭の間は鍵《かぎ》がかかっているらしくて、入ることが出来なかった。だから仕方なく実力行使に出ることにした。屋上に続く扉の鍵穴を、全部、瞬間接着剤で塞いだんだよね」

せっぱつまった状態とはいえ、相変わらずめちゃくちゃな女だった。

「事故なのか自殺なのか分からなかったけど、屋上にさえ出られなければ、とりあえず転落死は止められるでしょ。そう思っていたのに……」

「彼が落下したのは、屋上ではなく時計塔からだった」

沈痛の面持ちで雛美が頷く。

「二周目の世界で、私はグラウンドで古賀さんの死体を見ている。だから、屋上の鍵に細工をした後、ずっとグラウンドから南棟の様子を窺っていたの。そのせいで私はその瞬間を目撃することになってしまった」

誰よりも大切な人が、重力に逆《さか》らえずに落下していく様を、彼女は絶望と共に……。

「私の話は大体そんな感じかな。ほかに聞きたいことはある？」

「……結局、古賀さんっていうのは雛美にとって何なんだ？」

俺が問うと、露骨に嫌そうな顔で睨まれた。

「それ、改めて聞く？　説明されなくても、さすがに分かるでしょ」

「十中八九、答えは分かっている。だが、大切な話だ。君の口から確認しておきたい」

真剣な眼差しを崩さずに千歳先輩が続け、雛美は観念したように、大袈裟《おおげさ》な溜息《ためいき》をついてみせた。それから、

「綜士にとっての織原芹愛と一緒。片想い相手だよ」

彼女はそう断言した。

俺が芹愛に対して抱いている想いは、他人とは比べものにならないほどに強いと思う。恥ずかしい話だけれど、あまりにも想いが強過ぎるせいで、タイムリープなんて現象を引き起こしてしまったんじゃないかとさえ考えている。

雛美が古賀さんに抱く感情もまた、同質に本能的なものだったりするのだろうか。

「恐らく君は一度、古賀将成を救うことに成功している。その点を踏まえて聞かせて欲しい。今回、君はどうやって彼の死を食い止めるつもりだった？」

反射的に開きかけた口を閉じてから、雛美は表情を曇らせた。

「……先輩ってさ、私のことを試そうとしてる？」

「心外だ。僕の質問に他意はない」

「でも、五周目の私の話を綜士に聞いているんだから、どうやって彼の死を止めようとしたかなんて、もう分かってるでしょ？　疑われているみたいで気分悪いんだけど」

「つまり答えられないということか？」

「話を変な方向にスライドさせないで。そういう態度ってむかつく」

「話を逸《そ》らそうとしているのは君の方だろ」

またしても始まってしまった。そう思った。二人の反《そ》りが合わないことは十分に承知していたが、まさか会った初日からぶつかるとは……。

「俺たちが言い争っても仕方がないだろ。雛美も協力してくれよ」

「何で私が責められてるわけ？　先輩が先に絡んできたんじゃん」

「腹を立てさせてしまったのなら謝るよ。でも、お前が答えてくれれば、それで終わりだろ。喧嘩なんて時間の無駄だ。頼むから教えてくれよ」

「分かったわよ。答えりゃ良いんでしょ。彼を白稜祭の当日、学校に近付けないつもりだった。死因は毎回、同じだしね」

「そのための具体策は何かあったのか？」

「ライブチケットを取った。古賀さんの好きなバンドが、同じ日にうちの県にライブに来るんだよね。そのチケットを取ってプレゼントしたの。て言うか、今回ももう渡してる」

「バンド名も聞いて良いか？」

「『THE LIME GARDEN《ザ　ライム　ガーデン》』だよ」

記憶との間に齟齬《そご》はない。しかし、それは前の周回でも問題になった案件だった。

五周目の世界で、俺たちは雛美のことを調べるために、古賀さんに会いに行っている。そして、雛美が彼の恋人ではなかったこと、古賀さん本人がライブチケットを入手していたことを知った。

しかし、それらの事実を指摘されても、雛美は決して嘘を認めようとしなかった。前の周回では、本当に古賀さんがチケットを取れていなかったと言い張ったのだ。

彼はそのバンドのファンクラブに入っている。周回が変わっても、チケットの当選に変化があるとは思えない。だが、四周目以前の世界など確かめようがないのも事実だった。

この件を追及しても、意味のない口喧嘩になるだけだろう。

結局、俺も先輩もライブチケットに関しては、それ以上の質問をしなかった。

雛美が俺の顔と名前を知っていたのは、以前に写真部の名簿を見たことがあったからだという。行事で写真を撮ってもらいたかったらしいが、一度見たくらいで、俺のように目立たない男の顔と名前を覚えておけるものだろうか。珍しい名字だったから記憶に残っていたと言うけれど、何だか違和感のある話だった。

帰宅のための電車に揺られながら、

「私、二人に見栄《みえ》を張りたかったのかな」

閑散とした車内で、ぽつり雛美が呟いた。

「それとも、叶《かな》わない想いを認めたくなくて、恋人の振りをしてみたのかな」

「……いつから古賀さんのことが好きだったんだ?」

斜陽を受け、彼女の横顔が橙《だいだい》色《いろ》に染まっている。

「……家庭教師として勉強を教えてもらっていた頃?」

「何で俺に聞くんだよ」

対面の席に座る千歳先輩は、真顔で俺たちのやり取りを見つめていた。

「古賀さんは二十四歳で、私は十七歳の小娘。出会った時から向こうは大人で、こっちは中学生。相手にされるわけないよね。ライブのチケットだってさ、渡した時、本当は私のことを誘ってくれないかなって期待してた。でも、彼女と観に行くって、即答で言われちゃった。私が連番のチケットを用意した意味なんて、考えもしなかったみたい」

「……正直に誘えば良かったのに」

「言えるわけないじゃない。彼が大好きなロックバンドのプレミアチケットだよ? 断れるわけがないって分かった状態で、そんな誘い方をするなんてズル過ぎる」

変なところでだけ律儀《りちぎ》な奴だった。

「好きになってくれる人だけ、好きになれたら良いのにね」

「……それ、俺に言ってるの? 自分に言ってるの?」

「さあ、どっちだろう」

恋人がいる七歳も年上の大人を想う雛美も、自分のことを徹底的に軽蔑している相手に焦《こ》がれる俺も、多分、どうしようもないほどに未来の見えない恋をしているのだろう。

「ねえ、明日から私も時計部に行って良い？」

電車を降りる直前、雛美が千歳先輩に尋ねた。

「とりあえずやらなきゃいけないのは、芹愛の自殺の原因を調べることだよね？　古賀さんの死は今の作戦で回避出来ると思うから、そっちに協力するよ」

「そうだな。古賀将成をそもそも学校に近付けないという、君が用意した対策は効果的なものだろう。彼の死が事故なら、今回もそれで問題なく防げるはずだ。早急に対策に取りかかるべきは織原芹愛の方で間違いない」

あの時、回送電車が通過する直前の線路に飛び降りた芹愛は、自分の名前を叫んだ俺を見つけ、信じられないものでも見たかのように、その目を見開いている。

ベンチから立ち上がった時に貧血を起こしたとか、意識が朦朧《もうろう》として線路に落ちてしまったなどという可能性はない。他殺の可能性も絶対にない。

芹愛の死が自殺である以上、その根本原因を解消しない限り、たとえXデーを乗り越えても、本当の意味ですべてを解決したとは言えないだろう。

一ヵ月後の十月十日を迎えたその時、この六周目の世界がどうなっているかは、まだ分からない。ただ、前回と同じ結末だけは絶対に迎えないはずだ。

この胸には確固たる覚悟がある。

たとえそれが彼女の意志に背《そむ》く行為であったとしても、俺はもう二度と、

――芹愛だけは死なせない。

第七話　生まれた意味を知るような

1

もう一度やり直せたなら、二度と間違ったりはしないのに。

ずっと、そんな風に願っても仕方のないことばかり考えながら生きてきた。


小学六年生、まだ十二歳だったあの頃、クラスメイトの織原芹愛《おりはらせりあ》が大嫌いだった。

いつだって輪の中心でいなければ気が済まなかった俺にとって、ナチュラルに周囲の注目を集める芹愛は、心の底から目障《めざわ》りな少女だった。その声を聞くだけで、苛立《いらだ》ちを抑えられなくなるような、うとましい存在だった。

だからこそ、あんな最低な行為に及んでしまったのだろう。芹愛はただ純真に日々を生きていただけだったのに、俺は教室で盗難事件をでっち上げ、彼女を犯人に仕立て上げようとしてしまった。

芹愛を憎むあまり、当時は良心の呵責《かしゃく》すら感じていなかったように思う。躊躇《ためら》いもなく計画を実行に移し、俺は彼女に泥棒のレッテルを貼《は》り付けようとしていた。

厚顔無恥な悪意は、皮肉な形で成就《じょうじゅ》する。

人を呪《のろ》わば穴二つ。途中で計画が破綻《はたん》し、俺の最悪な人間性が衆目の前に晒《さら》されようとしたまさにその時、何もかもを悟った芹愛が、俺を守るために罪を被《かぶ》ったのだ。

今でも、あの時、芹愛が俺を守ろうとした理由が分からない。

悪意の標的にされたことをはっきりと悟った上で、どうして加害者を庇《かば》おうとしたのだろう。どうして俺なんかのために泥棒の濡《ぬ》れ衣《ぎぬ》をまとったんだろう。

大嫌いだった少女からの憐《あわ》れみは、ナイフで刺されるよりも痛かった。

あんなことをされるくらいなら、卑怯《ひきょう》者と全員の前で罵《ののし》られた方がマシだった。


泥棒のレッテルを貼られ、クラスメイトに嫌われ、教師にも軽蔑《けいべつ》され、そうやって孤立してしまった芹愛を見つめる度《たび》に、捻《ね》じ切れそうなほどに心臓が痛んだ。彼女がそうなることを望んでいたはずなのに、やり場のない後悔で狂ってしまいそうだった。

中学生になっても芹愛は一人きりだった。彼女は無実の罪を背負《せお》いながら、いつだって唇《くちびる》を真一文字に結び、孤独を噛《か》み締《し》めている。芹愛に降り注ぐ悪意を想像するだけで、頭がおかしくなりそうだった。

そして、痛烈な後悔に晒された心が壊れる寸前、ようやく気付く。

生まれた意味を知るような、そんな恋だった。

狂おしいまでの芹愛への憎しみが、いつしか恋へとその色を変えていたのだ。


どれだけ後悔を重ねても、信頼なんて取り戻せないのに。

彼女の十代を壊してしまった罪は、どんな犠牲を払っても償《つぐな》えないのに。

心は彼女に焦《こ》がれることをやめなかった。

自分が最低の人間であることは自覚している。芹愛を想《おも》う資格なんて有りはしないと分かっている。それでも、心は制御出来ない。

彼女を追いかけるだけのみじめな生活。そんなどうしようもない人生を送りながら、きっと、俺は死ぬまで晴れない後悔を続けるのだ。そう思っていたのに……。


どうして芹愛は自殺なんてしたのだろう。

両親を共に失ってしまったとはいえ、彼女にはまだ姉がいる。数ヵ月後には継母《ままはは》から妹か弟だって生まれてくる。それなのに、どうして線路に飛び込んだりしたんだろう。

こんなにも想っているのに、徹頭徹尾、芹愛の気持ちは分からないままだった。

ただ、一つだけ確信出来ることもある。

千歳《ちとせ》先輩が断言したように、自分で自分の命を絶つなんて絶対に間違っているのだ。

どんな想いで芹愛が自らの命を終わらせようとしたのかは分からない。だけど、俺に出来ることは、その手を引き止めることだけだから。

たとえ彼女の意志を踏みにじることになろうとも、絶対に止めてみせる。

線路に飛び込もうとする彼女の手を摑《つか》むだけで、そのたった一秒で、芹愛の未来に永遠にも似た可能性を残すことが出来るだろう。

どれだけ嫌われたって構わない。

俺が果たすべきは、その先に、彼女の未来を描くことだ。

2

自分の周囲を嗅《か》ぎ回られていると知ったら、絶対に嫌な気持ちになるだろう。彼女を守るためとはいえ、これ以上どんな些細《ささい》なことでも、芹愛《せりあ》の心を害したくなかった。だから当初は、芹愛に気付かれない範囲で調査を進めていった。

クラスメイト、陸上部員、彼女の担任、絶対に内密にしてくれと念押しした上で、最近の芹愛に何か変わった様子がないか尋《たず》ねていった。

不審の眼差《まなざ》しを向けてくる者も多かったけれど、逼迫《ひっぱく》した切実さというのは、時に想いの強さだけで相手に伝わることもあるらしい。俺たちの真剣さにほだされ、何人かが質問に答えてくれることになった。しかし、今に至るまで、誰一人として彼女の心の内を知る者には会えていない。

外から見て感じていた通り、芹愛は高校に入学してからも友人を作っていなかった。話しかければ普通に応対はしてくれる。しかし、どんな誘いにも乗ってこないし、友達を作るつもりが有るとも思えない。それが、クラスメイトと陸上部員の共通認識だった。

迂遠《うえん》なやり方では芹愛の心に辿《たど》り着けないかもしれない。

次なる手段として考えたのは、より身近な人間に尋ねてみることだった。

芹愛の継母であり、俺のクラス担任でもある織原亜樹那《おりはらあきな》さん。昔から大の仲良しだったニートの姉、織原安奈《おりはらあんな》さん。一つ屋根の下で暮らす二人なら、芹愛の悩みに気付いているかもしれない。

ただ、問題は幾《いく》ら口止めをしたところで、俺たちが芹愛について尋ねたことを、本人に話されてしまうかもしれないことだろう。

タイムリープなんてSFの世界の話だ。芹愛について調べている理由は話せない。動機を明かせない以上、不審に思った二人が、芹愛に黙っていてくれる保証はない。

そもそも安奈さんは高校に進学せず、就職もせずに、ふわふわと生きている人だ。深く考えずに何もかもを話されてしまう可能性だってある。

それでも、やるべきことから逃げるという選択肢だけは、もう存在しなかった。

放課後、職員室に戻る途中で一人になった亜樹那さんに近付く。

「あの、この前、死にそうな顔で芹愛が歩いていたんですけど、何かあったんですか？」

「芹愛が？」

「はい。もの凄《すご》く青白い顔をしていたから気になって」

亜樹那さんは反射的に発しかけた言葉を一度飲み込み、それから、口を開く。

「……他人に話すようなことじゃないんだけどね。綜士《そうし》は隣人だから聞いておいてもらおうかな。芹愛と安奈のお父さんが、末期癌《がん》で入院しているの。余命宣告も受けている」

芹愛を主語として亜樹那さんは話したけれど、泰輔《たいすけ》さんは先生の夫である。言葉の端々《はしばし》に痛みと哀《かな》しみが滲《にじ》んでいた。

「多分、それでだと思う。あの子にとっては最後の親だから」

「……そうだったんですか。それは、何て言って良いのか」

「困るよね。こういう時、何て声をかければ良いのか。当事者の私でも分からない」

「……俺、お見舞いに行っても良いですか？」

「気を遣わなくて良いよ。お見舞いなんて高校生には……」

「行きたいんです。最後に会えなかったことを後悔したくないですから」

「そう？　じゃあ、病院と病室を伝えようか」

戸惑いながらも、亜樹那さんは夫の入院先を教えてくれた。

「あの……。ほかに思い当たる節はないですか？」

「ほかにって芹愛のこと？」

「何て言うか、あの日、俺が見たあいつの顔は、自分自身に悩んでいるみたいだったんです。もちろん、お父さんのこともショックだと思うんですけど、変な虫の知らせ的な何かを感じたって言うか」

我ながら何を言っているんだろうと思った。

しかし、父親の死は、芹愛の自殺に関係ない可能性が高い。


五周目の世界、泰輔さんが亡くなってから五日後の月曜日の朝。

俺は早朝に登校した芹愛の後をつけ、電車で隣の席に座っている。

死因として自殺を疑っていたため、母親に続いて父親を亡くしたショックで、芹愛が死を決意したのではないかと心配していたのだ。

『自殺とか考えていたら嫌だなって』

そんな風に告げた俺に対して、

『意味が分からない。それと私の自殺にどんな関係があるの？　私が死んでも親は生き返らない』

芹愛ははっきりとそう答えた。

もちろん大嫌いな俺に、彼女が正直に話したという保証はない。だけど、やっぱり、あの時の言葉は真実だったように思うのだ。芹愛が線路に飛び込んだ理由は、別にあるような気がしていた。


「ごめん。ちょっと分からないかな。陸上選手権を前にナーバスになっていたのかもしれないけど、別に初めてのことでもないしね。去年も出場していたし」

「……そうですか」

「直接、芹愛に聞いてみたら良いのに」

「いや、それはちょっと……」

亜樹那さんが泰輔さんと結婚したのは、あの事件があった年の冬だ。こんな風に言ってくるということは、盗難事件の真実を芹愛は家族にも話していないのだろう。

「すみません。何だか変な話になってしまいました。あの、俺がこんなことを聞いてきたってことは、芹愛に黙っていてもらえませんか」

「別に良いけど。え、何？　もしかしてそこって何か繊細なことになってる？」

旦那《だんな》さんの話を口にしてから曇っていた亜樹那さんの表情に、ようやく微笑が戻る。

「本当、そういうのやめて下さいね。お願いしますから」

「うーん。気になるけど、まあ、そうか。部外者が口を出すと、大抵、おかしなことになるものね。あの子、未《いま》だに私に対しては心を開いていないしな。分かったわ。心配しないで。私、教師にしては口が堅い方だと思うから」

「……教師の口が軽かったら、そもそも駄目じゃないですか？」

「私もそう思うんだけどさ。意外とそうでもないのよね。狭い世界なのに」


有益な情報を得られないまま話が終わり、手掛かりを得られそうな人物は、残すところ安奈さん一人になってしまった。

安奈さんと芹愛の姉妹は、幼《おさな》い頃から本当に仲が良かった。

三つ年齢が離れているため、中学校に共に通うことはなかったけれど、小学校時代は安奈さんが卒業するまで、毎日、手を繋《つな》いで登校していたように思う。

身体が弱いという話を聞いたことがあるし、昔の記憶を引っ張り出してみても、運動神経抜群の芹愛とは異なり、安奈さんには何処《どこ》かとろいところがあった。

安奈さんはいつ会っても笑顔だし、物腰が柔らかで近付きやすい人だ。

五周目の世界でも、Xデーの十月十日に二回喋《しゃべ》っている。

九月十九日、土曜日。

学校が休みだったその日、カーテン越しに織原家を覗《のぞ》きながらチャンスを窺った。

安奈さんを『ニート』と評するのは、もしかしたら安易なレッテル貼りだったのかもしれない。父親は末期癌で入院しており、継母は高校教師として忙しく働いているのだ。彼女が専業主婦的な役割を担《にな》っている可能性もある。

事実、休日でも織原家の洗濯物は、いつでも安奈さんが庭に干していた。

午前十時、芹愛が部活のために家を出て行ってから、庭に安奈さんが姿を現す。溢《あふ》れんばかりの洗濯物が入ったランドリーバスケットを、両手で抱えていた。

急いで階段を下り、スニーカーを履《は》いて玄関の扉を開ける。

織原家は道路を挟んで真向かいだ。胸の辺りまである生垣の向こう、陽光の下で物干し竿《ざお》と向かい合う安奈さんは、いつものように幸せそうな微笑を浮かべていた。

「おはようございます」

「あら、綜士君。おはよ。今日はお出掛け？」

屈託のない笑顔を浮かべる安奈さんは、芹愛とは似ても似つかなかった。姉妹なのにこうも性格が異なってしまったのは、やはり五年前の俺の罪のせいなんだろうか。

「食べる物がなくて。ちょっとスーパーに」

「そっか。それは大変だ」

「今日は洗濯物がすぐに乾きそうですね」

「うん。こんな風に晴れた日は、乾かした後の洗濯物からお日様の匂《にお》いがするんだよね。だから、思い切って色々と洗っちゃおうと思って」

「いつも家族の分まで安奈さんが干していますよね」

「皆、忙しいからさ。芹愛も大会が近いみたいだし」

「……そうだ。亜樹那さんにお父さんのことを聞きました。大変ですね」

図《はか》らずも安奈さんの口から妹の名前が飛び出し、心臓が鼓動を速めた。

安奈さんの微笑に憂《うれ》いが落ちる。

「うん。私はもう飽きるくらいに泣いちゃった」

「……芹愛もですか？」

「どうだろう。あの子は強い子だから、誰かの前で泣く姿は想像がつかないかな」

「この前、学校で見た時、芹愛の奴《やつ》、青白い顔をしていたんです。何か悩みでもあるのかなって思ったんですけど、やっぱりお父さんのことなんでしょうか。こんなこと他人の俺が言って良いのか分からないけど、何か違うんじゃないかなって」

風になびく白いシャツを見つめながら、安奈さんが目を細める。

そして、次に彼女が発した言葉は……。


「やっぱり、綜士君もそう思う?」


安奈さんの請《こ》うような瞳《ひとみ》が、俺を捉《とら》えていた。

「私もね、最初はお父さんのことがあって、あんな風に張り詰めたみたいになったのかなって思ってた。でも、お父さんのことはどうしようもないことだし、再発する可能性が高いってことも昔から言われていたの。だから、どうして今になってあんな風に焦っているのかなって。もしかしたら別の悩みがあるのかなって」

「芹愛、焦っているんですか?」

「私がそう感じただけだけどね。あの子は自分の話をしないから」

新たな情報が得られたわけではない。しかし、父の死以外にも、芹愛を追い詰めるような何かがあるのかもしれないと、安奈さんも感じていた。

あの日、芹愛が線路に飛び込んだ背景には、その焦りのような何かが関係していたのだろうか。芹愛が重大な何かをその胸に秘めているとして、俺たちは残りの三週間で、彼女を死へと誘《いざな》うその秘密に辿り着くことが出来るだろうか。

前進していないわけではないが、成果が出ているとも言えない。

そんな日々が続いていた。

3

芹愛《せりあ》の自殺は、父の病死を根幹の要因とするものではない。そんな思いは、安奈《あんな》さんとの会話により補強されたものの、肝心の理由については未だ推測がついていなかった。

周囲の人間に対するアプローチでは、芹愛の秘密を知ることが出来ない。そう悟った後で、雛美《ひなみ》が出した次なる案は、芹愛と自分が友人になるというものだった。

「だってさ、白稜祭《はくりょうさい》までまだ二週間以上もあるじゃん。私が芹愛の親友になって、悩みを聞き出してくるよ。て言うか、むしろ解決しちゃえば良いんじゃない?」

物事を繊細に考えない、実に雛美らしい大胆な解決法だった。とはいえ、あながち的外《まとはず》れな作戦とも思えない。芹愛の気持ちが知りたいなら、確かに彼女と親しくなるのが一番だ。その上で、打ち明けられた問題を解決出来れば、それですべてが終わるだろう。

しかし、得意気に立案した雛美は、すぐに心を折って帰って来ることになった。

「……駄目だ。あの女。氷よりも冷たい」

お昼休み、私に任せろと張り切って部室を出て行ったくせに、三十分もしない内に、雛美は落胆しながら帰って来た。

「ねえ、どういうこと？　友達になってあげるって、この私が言ってるのに、まったく聞く耳を持たなかったんだけど。あの女、何様のつもりなんだろう」

芹愛はただでさえ友達を必要としていない性質《たち》である。上から目線で友達になってやるなんて言われても、素直に頷《うなず》くとは到底思えない。

「どうせ、またお前が偉そうにしてたんだろ？」

「はあ？　してないし。やばいくらいに謙虚《けんきょ》だし」

「自己申告している時点で謙虚とは程遠いな。まあ、良い。もともと君には期待していなかった」

ロッキングチェアに腰を掛けたまま、こちらを振り向きもせずに千歳《ちとせ》先輩が告げる。

「何それ。喧嘩《けんか》を売ってるわけ？」

「すまない。口が滑《すべ》った。訂正しよう。すずめの涙程度には期待していたが、やはり予想に違《たが》わず時間の無駄だったようだ。切り替えて次の作戦に移るべきだろう」

「ねえ、謝ってないよね？　それ、本当は悪いなんて思ってないよね？」

どうしてこの二人はすぐに喧嘩を始めてしまうのだろう。

「綜士《そうし》、やはり君が直接、彼女に会いに行くべきなのかもしれないな。そのつもりで担任に旦那の入院先を聞いたんだろ？」

「……それは、まあ、そうなんですけど」

「過去、君と織原芹愛《おりはらせりあ》の間に何があったのかは知らない。だが、今、君が彼女の未来を憂えていることは紛《まぎ》れもない事実だ。胸を張って会いに行ったら良い」


五周目の世界で、俺は二回、芹愛と喋っている。

一度目は母親と先輩に促《うなが》され、彼女の父親のお見舞いに出向いた時。

二度目は彼女の父親が亡くなった後、早朝の電車で隣に座った時だ。

わずかな言葉を交《か》わしただけで、鼓膜を揺らす声に当てられ、頭がどうにかなってしまいそうだった。自分が軽蔑されていることは百も承知している。それでも、本当にどうしようもないくらいに幸福な気持ちになれたのだ。

亜樹那さんに病室の部屋番号を聞いたのは、再び芹愛と鉢合わせをする口実を作るためだった。

「一人が怖いなら一緒に行ってあげようか？　前回も私が一緒だったんでしょ？」

親切心で言っているのだろうが、雛美のせいで五周目の邂逅《かいこう》は喧嘩のような形になっている。もう二度と、こいつを連れてお見舞いに行くつもりはない。

「想いを伝えるというのは、時にとても難しい。何故《なぜ》なら、それは受け手の状況によっても左右されるものだからだ。誰もが聞く準備が出来ているとは限らない。励《はげ》ましの言葉も、慰めの言葉も、受け手の感情次第で鋭利な棘《とげ》になり得る。だから綜士、あまり深刻に考えるな。君の想いは伝わらないかもしれない。しかし、仮にそうであったとしても、それは君だけのせいじゃない」

「ま、悩んでいるだけじゃ、どうにもならないもんね。確かに綜士は考え過ぎだわ」

「君は話すにせよ、動くにせよ、もう少し慎重であるべきだと思うがね」

「でも、そこが私の良いところだから仕方ないよね」

雛美はあっけらかんと言い放つ。

「行ってきなよ。綜士が直接聞いたら、案外、答えてくれるかもよ」

「織原芹愛に近付いたことが藪蛇《やぶへび》になり、状況が悪化したとしても、それで手詰まりになるわけじゃない。十月十日に発生する彼女の死は、物理的に止めることが出来る類のものだ。今、出来ることを一つずつやっていこう」

4

三日後の九月二十五日、金曜日。

千歳《ちとせ》先輩と雛美《ひなみ》に背中を押され、泰輔《たいすけ》さんが入院する病院へと向かった。

お見舞いへ行くのを三日待ったことには意味がある。俺はタイムリープしてすぐに、五周目の世界での行動を、思い出せる限りノートに書き出している。一つ前の周回で、泰輔さんのお見舞いに行ったのは金曜日のことだった。前後の時系列と照らし合わせてみても、本日、九月二十五日の出来事で間違いないだろう。

あの日、俺と雛美はお見舞いの品を決めるのに手間取り、病院を訪れる頃には午後六時を回っていた。そして、病室から帰ろうとした芹愛《せりあ》と廊下で鉢合わせになっている。

泰輔さんが亡くなるのは五日後である。父と対面した直後で、センシティブになっていた芹愛は、俺を視界に捉え、はっきりとその表情を歪《ゆが》めた。あの時、俺は視界に入るだけで苛立ちを想起させるような人間なのだと、再認識させられている。

今回は芹愛より先に病室に出向き、彼女を待ち受けようと思った。そうすることで、少しでも穏《おだ》やかな対面になってくれたら良い。

叶《かな》うならば、もうあんな目では見つめられたくはない。

放課後、前日の内に用意していた菓子折を持って、病院へと向かった。

まだ夕方だというのに、ナースステーションは記憶と違《たが》わず閑散としている。

この階は普段からこうなのだろうか。

部活動のある芹愛が先に病室に来ていることはない。そう分かっているのに、いざ目的の病室の前に立つと、足を踏み入れる勇気が出なかった。

これから死んでいく人に、どんな顔で会えば良いのだろう。どんな言葉をかけたら正解なのだろう。たった十七年の薄っぺらな人生では、そんな疑問の答えさえ分からない。

どれくらい扉の前で逡巡《しゅんじゅん》していただろうか。

決意を固めて室内に足を踏み入れると、泰輔さんは白いベッドの上で管《くだ》に繋がれ、静かに眠っていた。

カーテンの隙間《すきま》から差し込む西日に照らされた泰輔さんは、痩《や》せ細《ほそ》り、酷《ひど》く血色の悪い顔をしていた。芹愛の高身長は父親譲りである。幼い頃、あんなに大きく見えた泰輔さんが、今は哀しいくらいに小さく見えた。

こんな姿を前にしたら、やっぱり、どんな言葉もかけられそうにない。

泰輔さんが寝ていてくれて良かったと、そう思った。

キャスター付きのテーブルに菓子折を置き、足音を立てないように退室する。

俺は何がしたかったんだろう。

廊下の壁に背をもたせかけると、意識せぬまま深い溜息《ためいき》が零《こぼ》れた。

芹愛がやって来る時刻は分からないが、このまま帰るわけにもいかない。

エレベーター正面の待合所にいれば、必ず鉢合わせすることになる。確かな躊躇いを胸に抱きながらも、腰を下ろして彼女がやって来るのを待つことにした。


待合所で一時間以上、益体《やくたい》もない時を過ごした後で、エレベーターから芹愛が現れた。

すぐに俺に気付き、彼女はたちまちその顔を歪める。そして、次の瞬間には視線を逸《そ》らし、立ち止まることなく父親の待つ病室へと歩いて行ってしまった。

呼び止める暇も、そんな勇気もなかった。

あっという間に彼女が消え去り、網膜に残像さえ結べないまま取り残されてしまう。

「……まあ、そうなるよな」

五年前の事件は、時間が経《た》てば忘れられるような記憶ではない。

芹愛に徹底的に嫌われているという自覚はあった。これ以上ないくらいに軽蔑されていることも分かっていた。

それでも、痛いものは痛い。

突きつけられる忌避の眼差しは、容赦なく胸を刺す。

「……これを持ってきたのは綜士《そうし》？」

不意に、冷たい声色が背後から届き、弾《はじ》かれたように振り返る。

無表情に立つ芹愛の右手に、菓子折が握られていた。

「亜樹那《あきな》さんに病気のことを聞いて……」

「どうして？」

「どうしてって言われても……。何となく流れでそんな話になって聞いただけだよ」

こちらの本心を探るように、芹愛は目を細めた。それから、

「お姉ちゃんに私のことを何か言ったでしょ？」

低い声で、そう尋ねられた。

「……別に。家の前で会ったら雑談くらいするだろ」

「私の話題になる理由が分からないんだけど」

俺は今、芹愛に何かを問い詰められているのだろうか。

「深い意味はないよ。学校で見かけた時に、お前が悲壮な顔をしていたことがあって、それで、ちょっと気になったから聞いただけ。やたらと青白い顔をしていたから」

口から出まかせの嘘《うそ》だった。毎日のように芹愛のことを望遠レンズで眺《なが》めていたけれど、普段と顔色が違うなんて思ったことはない。

「お前さ、何か悩みでもあるの？」

本当はもっと適切な言い方があったのかもしれない。

しかし、今の俺には、そんな風にぶっきらぼうに尋ねることしか出来なかった。

「……悩みなんてない」

「それは嘘だよ」

俺の唇は、反射的に彼女の言葉を否定していた。

「だって、お前、そういう顔をしているじゃないか。今にも死ぬんじゃないかって、そんな顔をしている」

「だから、私に悩みがあるって？」

頷くと鼻で笑われた。

「凄《すご》いね。何も知らないくせに、よくもまあ、そこまで人のことを断言出来るものだわ。あのさ」

芹愛は右手に持っていた菓子折を俺に突き出す。

「こんな物を持ってきてどういうつもり？　私の悩みなんて聞いて何がしたいの？」

「それは泰輔さんに渡した見舞いの品だ。突き返される理由がない。気にくわないなら、そこのゴミ箱にでも捨てておけよ。大体、後半の批判も意味が分からない。今にも死にそうな顔をしている奴がいたら、誰だって心配するだろ」

「だから私の悩みを聞いてきたってこと？」

「悪いかよ。心配するのは、こっちの自由だ」

一つ、露骨な溜息をつかれた。

「もう帰って。私に悩みがあろうがなかろうが綜士には関係ない。赤の他人に相談なんてするわけないでしょ」

……そうか。赤の他人か。

たった一言、彼女の唇から零れ落ちた単語が、胸の柔らかい場所をえぐる。

路傍の石ころよりも目障りで、荒天の予報よりも鬱陶《うっとう》しい。たとえマイナスベクトルだとしても、自分は芹愛にとって意味のある人間なのだと思っていた。たとえ憎しみが動機だとしても、彼女に忘れられることはないと信じていた。

だけど、きっと、本当は、とっくの昔に何の意味もない人間だったのだ。

「悪かった。こんなところに来るべきじゃなかった」

目も合わせられないまま立ち上がる。

「泰輔さん。早く治ると良いな」

回復なんてするわけないと知りながら、逃げるように待合所から歩き出す。

エレベーター到着までの時間が、氷でも握り締めているかのように長かった。

芹愛のものらしき足音は聞こえてこない。

今、俺の背中には非難の視線が突き刺さっているんだろうか。

乗り込んだエレベーターの扉が閉まるまで、後ろを振り返ることが出来なかった。

5

病院での邂逅により、俺は芹愛《せりあ》の自殺原因を突き止めることを諦《あきら》めることになった。

彼女の頑《かたく》なな心は、誰にも開かれることはない。その瞬間がくるまで、芹愛は自らの心を絶対に誰にも話さないはずだ。

九月二十六日、土曜日の午後。

集合した時計部の部室で、千歳《ちとせ》先輩と雛美《ひなみ》に逢着《ほうちゃく》した結論を告げると、

「……辿り着ける解《かい》がない。世界にはそういう問題もあるのかもしれないな」

しばしの沈黙を経《へ》てから、先輩は険《けわ》しい顔でそんな風に告げた。

「周囲の人間からも、彼女自身からも、決定打となる動機を聞き出せなかった以上、根幹の問題解決は望めない。今後は方針を切り替えて、十月十日の自殺を止めることにフォーカスしていこう。どんな理由があろうと、自らの命を絶つなんて行為は赦《ゆる》されるべきじゃない。力ずくでも自殺を止めるんだ」

「なるほど。シンプルだね。良いんじゃない」

相変わらずの軽さで雛美が相槌《あいづち》を打つ。

「綜士《そうし》の二回のタイムリープで、当日の織原芹愛《おりはらせりあ》の行動パターンは分かっている。自殺を止めるだけであれば、そこまで難しい話ではないだろう。ただ、懸念すべきは十月十日の自殺を止めても、翌日以降に同じことが起きれば意味がないということだ」

「白稜祭は二日間あるし、翌日も見張ったら良いんじゃない？」

「現実的な対応策としてはそうなるだろう。しかし、永遠にそんなことを続けるわけにもいかない。この議論に先立って、一つ、雛美に聞きたいことがある。君の身に起きた最初のタイムリープは、白稜祭二日目の朝という話だったな」

「うん。ホームルームで彼が前夜に学校で亡くなったことを聞いたの」

「その結果、時震《じしん》が発生し、君の精神は四月六日まで戻ることになった。半年前へとタイムリープしたわけだ。興味深いのは、雛美の二度目以降のタイムリープのタイミングが異なっている点だ。君は夜行祭の最中に、古賀《こが》さんが亡くなったことを知り、再度のタイムリープを経験している。そして、今度は四月六日ではなく、約半日早い四月五日の夜に舞い戻った。以上の事実から、タイムリープでは戻される原点が決まっているのではなく、時震が発生した瞬間を起点として、一定時間、跳躍するのだということが分かる」

「まあ、先輩の言う通りなんだろうけどさ。それに何か意味があるわけ？」

「最初のタイムリープで消えたのは誰だった？」

「父親だけど」

「考えてみて欲しい。雛美が四月六日にタイムリープしたことで父親が消えるということは、四月五日の時点ではまだ消失の条件を満たしていないということだ。消失した人間は、人々の記憶の中では五年前に消えたことになっている。だが、それはあくまでも記憶の中での話であり、物理的に消失するタイミングについては仮説の段階だ。雛美、四月五日に跳躍する二度目以降のタイムリープでも、目覚めた瞬間から父親は消えていたのか？それとも翌日、四月六日になってから消えるのか？」

千歳先輩の問いを受け、雛美はしばし考え込む。しかし、

「……覚えてないよ。そんなこと考えたこともなかったもの。覚えてないってことは、やっぱり消えてるんじゃないの？　ああ……。でも、うちのお父さん、役所勤めで出張が多かったからな。自信がない。そもそも家にいない時だったかも……」

彼女の父親が消えたのは半年前だが、雛美の精神の中では違う。それ以降にも二回のタイムリープを経験しているわけだから、父親の消失は雛美にとって約一年半前の出来事になる。記憶が曖昧《あいまい》になるのも無理のない話だった。

「て言うかさ、そんなこと確かめてどうするの？　お父さんが四月五日に消えていようといまいと、別に関係なくない？」

「僕らの当面の目標は、君と綜士のタイムリープを終わらせることだ。だが、究極的な目標はタイムリープに巻き込まれて消失した五人を取り戻すことだろう？　仮に四月五日の時点で君の父親が存在していたとすれば、海堂一騎《かいどうかずき》も綜士の母親も存在しているということになる。消えてしまった人間の手は摑めない。しかし、もしも彼らがまだ存在していれば、打てる手があるかもしれない」

「そんなこと……そりゃ、皆を取り戻せるならそうしたいけど……」

「難しいことは分かっている。だからこそ考えるんだ。待っているだけじゃ都合の良い結末は迎えられないからな」

千歳先輩は本当に強い人だった。

生粋《きっすい》の変わり者なのに、人一倍強い正義感に溢れている。

「Xデーまで二週間。作戦を考える時間は十分にある。雛美、君も必ず古賀さんを救ってくれ」

「分かってるわよ。言われなくても全力を尽くす」

雛美の断言を受けて、千歳先輩は微笑を浮かべた。

「今度こそ三人で白稜祭を越えよう。僕らならそれが出来るはずだ」

その日の帰り道、駅の構内で雛美と別れ、電車を待っていると、千歳先輩からのメールを受信した。

『雛美抜きで相談したいことがある。一人で戻って来て欲しい』

一体何だろう。今日は珍しく二人も喧嘩していなかった。今後の方針について、協力し合う流れでまとまっていたはずだ。


時計部に戻ると、千歳先輩がノートパソコンでオークションサイトを閲覧していた。

「わざわざ戻って来てもらってすまない。どうしても話しておきたいことがあってね」

「雛美のことですか？」

「ああ。彼女は古賀将成《こがしょうせい》を白稜祭に近付けないために、THE LIME GARDEN《ザ ライム ガーデン》のチケットをプレゼントしたと言っていただろ。随分と人気のあるバンドみたいだな。これを見てくれ。十月十日のライブチケットも高値で取引されている」

ずらりと並んだチケットは、どの商品も現在の価格が万単位になっていた。定価を超えていることは間違いない。

「考えがあってチケットを一枚落札しようと思ったんだが、調べている内に思わぬ事実に気付いた。どうやらチケットはライブの二週間前を目安に配送されるらしくてね。今、出品されているのは、正確にはチケットを受け取るための権利なんだ。思い出して欲しい。僕らが雛美に最初に会ったあの日、彼女はこう言っていた」

『古賀さんの好きなバンドが、同じ日にうちの県にライブに来るんだよね。そのチケットを取ってプレゼントしたの。て言うか、今回ももう渡してる』

「分かるか？　あの時点で雛美がチケットをプレゼントするのは不可能だったんだ。つまり、あの日の台詞《せりふ》は、やはり嘘だったということだ。五周目の世界で僕らが抱いた疑念は正しかったということになる」

「疑念っていうと、そもそもライブチケットはファンクラブに入っていた古賀さんが、初めから入手していたって奴ですか？」

「ああ。五周目の世界で、雛美は幾つかの嘘をついている。そして、僕らはその理由を、みじめな片想《かたおも》いを隠すためだったのだろうと推測した。彼女がプライドを守るために見栄《みえ》を張っただけなのであれば、それで良かった。やるべきことが変わるわけじゃないからな。ところが、このチケットにまつわる嘘によって問題は変わった」

「……よく分かりません。どういうことですか？」

「五周目の世界で雛美が幾つかの嘘をついたのは、古賀将成を彼氏だと言い張ってしまったからだ。その嘘を認めないために、さらなる嘘を重ねていた。少なくとも僕はそう思っていた。しかし、今回、雛美はあっさりと彼が恋人ではないことを認めている。つまり彼に関しての事実に嘘をつく理由は、もうないはずなんだ」

「言われてみれば確かに……」

「だが、またしても雛美は嘘をついた。用意されているはずのないチケットを、あたかも自分が用意したかのように説明したんだ。雛美が何か重大な隠し事をしていることは間違いない」

怖い顔で先輩は窓の外に目を向ける。

「彼女の性格を考えれば、問い詰めたところで真実を話すことはないだろう」

「そうですね。でも、じゃあ……」

「雛美の嘘は厄介だが、要は古賀将成を守れるかどうかだ。当日、僕らは織原芹愛への対応で手いっぱいになる可能性が高い。だから、友人に頼もうと思っている。オークションで入手したチケットを渡して、彼を見張ってもらうつもりだ。定期的に居場所を報告させ、高校に近付いていないことを確認出来れば、僕らは僕らの仕事に集中出来る。この方法なら雛美に気付かれることもない。……ん？　どうした？　妙な顔をしているが」

「え。ああ、何と言うか、ちょっと意外で……」

俺の戸惑《とまど》いに気付き、先輩が首を傾《かし》げる。

「意外？　何がだ？」

「いや、その……。凄く失礼なことを言いますけど、先輩、友達っていたんですね」

『一匹狼《いっぴきおおかみ》』という表現が似つかわしいとまでは言わないが、先輩は孤高の人なのだと思っていた。こんな重大な案件で、頼れる友人がいたとは驚きである。

「……綜士。君は雛美に毒されたんじゃないのか？　僕にだって友人の一人やふ……まあ、一人くらいはいる」

言い直したということは、二人はいないらしい。

「先輩のクラスメイトですか？」

「まさか。大学生だよ。僕がまだ留年を経験していなかった時代の同級生だ。性格に少々難のある人物ではあるが、信頼には足る。この作戦を実行に移しておけば、古賀将成が僕らに気付かれずに、夜行祭を訪れることは不可能なはずだ」

『あらゆる勝負において、致命傷になるのは二度目の失敗だ。徹底的にやらせてもらう。僕はもう二度と、君にタイムリープはさせない』

以前、先輩はそう言っていた。

気になることはすべて確認する。出来ることも全部やる。この悪夢のループを断ち切るために、先輩は言葉の通り、全力を尽くすつもりのようだった。

それからの二週間は、あっという間に過ぎていった。
芹愛と再び会うことも、雛美が嘘を告白することもなく。
泰輔《たいすけ》さんの死も、見飽きた授業風景も、変わることなく消化されていく。

そして、雛美にとって四度目の、俺にとっては三度目の、白稜祭がやってきた。

第八話

君に赦されたいと願えずに

1

十月十日、Xデーとなる白稜祭《はくりょうさい》の初日。

その一日は、道路を挟んで向かいに建つ、織原《おりはら》家を見張ることから始まった。

本日、芹愛《せりあ》は隣県で開催される『東日本陸上選手権』に走高跳《はしりたかとび》の代表選手としてエントリーされている。しかし、彼女が体調不良を理由に欠場することを俺はもう知っていた。

午前六時前から見張っているものの、芹愛が外出する姿は確認出来ていない。継母《ままはは》の亜《あ》樹那《きな》さんは早々に出勤していったが、芹愛は今も安奈《あんな》さんと共に在宅しているはずだ。

昨日までの一ヵ月間、この六周目の世界は、五周目の記憶と違《たが》わず繰り返されてきた。

俺たちの行動が変化しない限り、あらゆる事象は記憶の通りに進んでいくということなのだろう。

芹愛の父、泰輔《たいすけ》さんは九月末日に亡くなったし、授業内容や教師の他愛《たわい》ない雑談も記憶の通りだった。

写真部には高価な機材が用意される代わりに、行事における写真撮影が義務付けられている。委託の外部カメラマンも入るが、生徒目線からの撮影が求められているのだ。

白稜祭では写真部の部員に、実行委員と同じスタッフ証が配付される。そのため、顔写真の提出が求められていたのだけれど、俺は期限までに提出していなかった。そのせいで今週の頭に、顔写真の提出を実行委員に求められ、昨日の放課後、しびれを切らせた彼らに、実力行使で提出させられることになった。

俺たちは本日の芹愛の動向を、ある程度、把握《はあく》している。

体調不良で陸上の大会を欠場した芹愛は、自宅で十二時過ぎに姉と共に昼食をとり、四時半前には制服を着て外出する。その後、高校の最寄《もよ》り駅である白新《はくしん》駅にて、回送電車が通過する直前の線路に飛び降りることで死に至るのだ。

自宅を出てからの詳細な足取りは分かっていない。だが、死亡時刻が五時半頃であったことから推察するなら、自殺の前に一度、高校へ立ち寄った可能性が高いだろう。

芹愛が線路に飛び込んだ動機は、結局、分からないままだった。根本の要因を取り除くことが出来なかった以上、スマートな方法では彼女を救えない。本日の行動を監視し、実力行使で彼女の自殺を防ぐというのが、最終的な結論だった。

恐らく午後になるまで織原家に変化は起きない。そんなことを思いながら、ぼんやり窓の下を眺《なが》めていると、午前八時十五分、予期せぬ事態が発生した。

玄関から出て来た芹愛の姉が、道路を渡り、うちの家のチャイムを鳴らしたのだ。

何故《なぜ》、こんな時刻に安奈さんが……。

「おはよう、綜士《そうし》君。登校前の忙しい時間にごめんね」

不安を抱えながら玄関の扉を開けると、にっこりと微笑《ほほえ》む安奈さんが立っていた。

「恥ずかしい話なんだけど、実は昨日、お風呂《ふろ》が壊れちゃって」

笑顔の安奈さんから告げられたのは、予想外の話題だった。

「業者さんに修理を頼んだら、最短でも四日後になるって言われちゃってさ。困ったなって思っていたの。それで今朝、昔、杵城《きじょう》さんにバスヒーターを借りたことを思い出したんだよね。分かるかな。追《お》い焚《だ》きをするための機械で……」

「そう言えば、そんなのありましたね。風呂を改装してからは使わなくなったけど」

「あれって、まだ取ってあったりする？　良かったら貸してもらえないかな」

この辺りには銭湯もない。四日間も風呂なしでは生活出来ないだろう。

「あるとすれば庭の収納庫ですね。探してみます」

母親は昔から物を捨てるのが苦手な人だった。改装後の風呂には追い焚き機能がついたわけだから、残しておいても仕方がなかったわけだが……。

「ありました。これですよね？」

収納庫の上段、埃《ほこり》まみれになっていたバスヒーターを取り出す。筒状のこの機械を電源に繋《つな》ぎ、湯船に沈めると水を温めてくれるのだ。

「でも、これ、まだ使えるのかな。錆《さ》びているところもあるし、大丈夫ですか？　もしもやばいって思ったら捨てて下さいね」

埃を払ってから安奈さんに手渡すと、彼女は申し訳なさそうに笑って見せた。

「ごめんね。ありがとう。そうだ。これ、もう使っていないなら、お風呂が直ったら、うちで処分しておこうか？　機械って捨てるの面倒臭いでしょ」

「あ、それ、助かります。ありがたいです」

母が消えて一ヵ月、俺は未《いま》だにゴミの分別方法もいまいち分かっていない。

安奈さんが自宅に戻り、再びカーテン越しの観察に戻る。

そして、待つこと六時間。

午後二時半を回った頃、ようやく事態が動いた。

カーテン越しに芹愛を見つめたまま、千歳《ちとせ》先輩に電話をかける。

「綜士です。たった今、芹愛が玄関から出て来ました。制服を着ています」

『ほかに変わった様子はないか？』

「通学バッグを持っているだけですね」

『線路に飛び降りた時、彼女はバッグを持っていたか？』

「いえ、手ぶらだったと記憶しています。ただ、直前までホームの椅子《いす》に座っていたはずなので、そこに置いていた可能性は否定出来ません」

『分かった。彼女の死亡推定時刻までは、まだ数時間の猶予《ゆうよ》がある。通学バッグを抱えているということは、やはり学校へ向かうのだろう。予定通り進めていこう』

体調が優れないという話だったが、パッと見た感じでは、いつもの様子と変わらない。

『待機している雛美《ひなみ》には僕から連絡しておく。綜士は細心の注意を払って尾行を始めてくれ。見失っても構わない。彼女が真《ま》っ直《す》ぐに北河口《きたかわぐち》駅へと向かってくれれば、そこで雛美が再度、捕捉《ほそく》出来るはずだ』

「分かりました。距離をあけて芹愛の尾行を開始します」

駅までの道中、川沿いの道を芹愛は緩慢に歩いていた。

見失っても構わないくらいの気持ちで、十分な距離を取って尾行しているため、芹愛が俺に気付くことはないだろう。そう思っていたのだけれど、突然、芹愛が立ち止まり、周囲を気にするように首を回した。

見つかることはなかったものの、冷や汗をかくには十分過ぎる瞬間だった。

非科学的な話ではあるが、背中に張り付く視線でも感じたのだろうか。

周囲を見回した後で鞄《かばん》に手をやり、芹愛は何かを取り出した。

そして、次の瞬間、川縁《かわべり》の草むらに何かを投げ捨てる。


芹愛の姿が完全に見えなくなってから、彼女が立ち止まった辺りまで走った。

背の高い雑草に視界を遮《さえぎ》られ、道路からでは捨てられた物の正体が分からない。

フェンスを乗り越え、雑草を避けながら先へ進むと……。

「何で、こんなところに……」

背の高い雑草の隙間《すきま》に、朝、安奈さんに渡したバスヒーターが捨てられていた。

理由も判然としないまま、急速に胸が冷えていく。

故障していたから処分した。そういうことではないだろう。芹愛は社会のルールを身勝手に破るような女ではない。こんなところに感情に任せて不法投棄したのは、俺から貸してもらった機械など使いたくない。そんな気持ちの発露のように思えた。

突きつけられた現実に心をえぐられたまま、北河口駅へ向かうと、雛美からのメールが携帯電話に届く。

『芹愛は一番線のホーム右手で電車を待っている。死角から見張ってるけど、電車が来る直前に、あいつが白線に近付くようなら背後に移動する』

芹愛が自殺するのは夕刻、場所は白新駅だ。今、飛び込むとは思えないが、念には念を入れなくてはならない。

雛美のメールに従い、芹愛に見つからないようホームへと近付いた。

白新駅では千歳先輩が見張りについている。顔を知られている俺と雛美は、このまま芹愛に気付かれずに尾行を続けなければならなかった。

2

本日のミッションは大きく二つである。

俺の想《おも》い人である織原芹愛《おりはらせりあ》と、雛美《ひなみ》の想い人である大学院生、古賀将成《こがしょうせい》の死を食い止めることだ。たとえ芹愛を救えても、古賀さんが亡くなってしまえば、雛美が半年前に戻ってしまう。どちらかがタイムリープした時点で、世界は七周目に突入し、ミッションは失敗に終わることになる。

二人が死ぬ時刻には、数時間の差異がある。芹愛は夕刻に白新駅で自殺するが、古賀さんは夜行祭の最中に、時計塔から落下して亡くなるのだ。

夜行祭は午後八時にスタートし、十時まで二時間にわたりグラウンドをメイン会場として行われる。夜行祭にはＯＢなど生徒以外の人間も多く訪れるが、古賀さんがその時刻に時計塔にいた理由は今も分かってない。

落下が事故なのか、自殺なのか、はたまた他殺なのかも謎《なぞ》である。

雛美は古賀さんを白鷹《しろたか》高校から引き離すため、彼が熱狂的なファンであるというTHE《ザ》 LIME《ライム》 GARDEN《ガーデン》のファンクラブに入会し、入手したプレミア付きのライブチケットをプレゼントしたと言っていた。

チケットの入手に関して、雛美はほぼ確実に嘘《うそ》をついているが、古賀さんがライブに出向くのは事実である。会場への出入り、高校までの距離を考えれば、彼が夜行祭の最中にやって来ることは難しいだろう。とはいえ、雛美の証言に嘘が混じっている以上、手放しで安心することは出来ない。

本日、古賀将成の動きは、千歳《ちとせ》先輩の友人が見張ることになっている。オークションで入手したライブチケットを使って会場内でも彼を見張り、夕刻以降、十分置きにその動向が報告されるという。

ライブ会場では携帯電話の使用が禁じられているが、空《から》メールを送るくらいであれば造作もない。事態に変化が起こっていないということが分かれば、それで十分だった。

雛美と共に白新駅で電車を降りると、即座に傍《そば》の階段を上がり、死角へと入った。

すぐに千歳先輩からのメールが届く。

『芹愛はホームのベンチに座った。このまま僕が近くで見張ろう。君たちは離れた場所で待機していてくれ』

姿を見られないよう、階段から半身で芹愛の様子を窺《うかが》う。

時刻は既に午後三時を回っている。五周目の世界で芹愛が回送電車の前に飛び込んだのは、五時半頃だった。

「あいつ、ずっとこうしているつもりなのかな」

「どうだろ。線路に飛び込む前に座っていたベンチは、あそこじゃなかったはずだけど」

その時、再び千歳先輩からのメールを受信した。

『深刻な悩みがあるのか、単純に体調が悪いのか。いずれにせよ、酷《ひど》い顔色だ』

「まあ、陸上部にしちゃもともと顔色悪いよね。青白いって言うか」

俺の携帯を覗《のぞ》き込みながら雛美が呟《つぶや》く。

「努力もせずにナチュラルに肌が白いとか、むかつくよね。日焼けしろよ」

「お前は本当に、いつでも頭の中が自由だな」

用意してきた作戦を実行するには、芹愛に学校に出向いてもらう必要がある。

このままベンチに座り続けられた場合、何か別の手を打つ必要が発生するだろう。

『芹愛が動き出した。高校へ向かうようだ。このまま僕は尾行を続ける』

三十分ほど経《た》った頃、千歳先輩からのメールで事態の変化を知る。

階段から覗くと、先程までベンチにあった人影が消えていた。

不意に振り返られても見つからないだけの距離を取りながら、俺たちも学校へと向かうことにした。

3

校内は生徒たちの熱気で満ちていた。

白稜祭は地元では有名な学園祭である。外部からの客も多く訪れていた。

『彼女は誰かを探しているようだ。文化棟の辺りをうろうろとしている』

雛美《ひなみ》と共に時計部の部室で待機していると、千歳《ちとせ》先輩からのメールが届いた。

校内であれば芹愛《せりあ》とすれ違っても問題ない。彼女の動向は気になったが、俺には本日、文化棟へ出向けない理由があった。

　まだタイムリープを経験する前、四周目の世界で、夕刻、俺と一騎はある依頼を実行委員から受けている。委託の外部カメラマンにトラブルが起こったらしく、夜行祭の写真撮影に駆り出されることになったのだ。言い訳を見つけて帰ろうとしたものの、俺たちの考えは筒抜けだったようで、逃げられないようにその後、ずっと見張られることになってしまった。

　この周回でも同様のトラブルが起きているはずだ。実行委員に見つかれば面倒なことになる。彼らに捕まらないためにも、今日は文化棟に近付くわけにはいかなかった。

『彼女が移動を始めた。グラウンドの方角へ向かっているが、目的が分からないのが不気味だな。こちらも早めに動いた方が良いかもしれない。綜士《そうし》、作戦に移ってくれ』

　先輩からのメールを受け、

「緊張しているの？」

　携帯電話を見つめながら固まってしまった俺に、雛美が問う。

「知らない番号からの着信なんて出ないかもしれないんだからさ。気軽にコールすりゃ良いのよ。先輩が調べた番号が間違っていたって可能性だってあるんだから。綜士って意外とビビりだよね」

「うるさいな。お前こそ、古賀《こが》さんは本当に大丈夫なのかよ」

「問題ないでしょ。さっき、お土産、忘れないでねってメールを送ったら、ツアーアイテムのフェイスタオルを買ってきてくれるって返信きたよ」

本当だろうか。こいつは真顔で嘘をつくから、いまいち信用出来ない。

いつの間にか、緊張で息苦しくなっていた。

芹愛の携帯電話の番号は、千歳先輩が調べたものだ。しかし、正直に告白すれば、俺は一ヵ月前からその数字を知っていた。五周目の世界で教えられた十一桁《けた》の電話番号を暗記していたからだ。

我ながら気持ち悪い話だと思うが、この六周目の世界が始まったその日の内に、忘れられなかった芹愛へと続く番号を携帯電話に入力している。

五周目の世界でも一度、夕方に電話しているけれど、あの時、芹愛は電話に出なかった。今回も通話には応じてくれないかもしれない。そんな予感もあったのが……。

『……誰ですか?』

十秒ほど呼び出し音が続いた後で、芹愛の低い声が鼓膜に届いた。

「あ……。突然、電話してごめん。綜士だけど」

名乗った傍から沈黙が続く。

「ちょっと、何、黙ってんの。切られる前にさっさと喋《しゃべ》りなよ」

雛美に横腹を肘《ひじ》で突かれる。

「あのさ、ちょっと話があって、それで電話したんだけど……」

相槌《あいづち》すら聞こえてこないが、通話を切られているわけでもないようだった。

「実は泰輔《たいすけ》さんのお見舞いに行った時に、お前への伝言を聞いたんだ。それを伝えなきゃって思ってて……」

俺は十日前に亡くなった彼女の父親をダシにして、芹愛を呼び出そうとしていた。卑怯《ひきょう》な嘘をついているという自覚はある。けれど、ほかには気を引くための適当な方便が思いつかない。

『……お父さんが綜士に？』

ようやく芹愛の返事が届く。

「ああ。自分が死んだ後で、お前に伝えて欲しいことがあるって」

『何を言われたの？』

「お前、今、学校にいるよな？　直接、会ってじゃないと伝えられないことなんだ。悪いけど、ここまで来てくれないか？　時計部っていうマイナーな部があってさ、南棟の三階に部室があるんだ。そこに来て欲しい」

『……綜士って写真部じゃなかったの？』

芹愛が俺の所属する部を知っていた。それは少なからず驚きの事実だった。

放課後、毎日のように彼女を撮っていたことを気付かれていたのだろうか。

「ああ……。掛け持ち的な感じかな。今から来れないか？　大事な話なんだ。どうしても今日、話しておきたい」

再び幾許《いくばく》かの沈黙が流れた。それから……。

『分かった。南棟の三階に行けば良いのね。今から行くわ』

低い声で芹愛はそう告げた。


通話を切ると、雛美に強く背中を叩《たた》かれた。

「やれば出来るじゃん」

「本当にきついのはこれからだけどな」

大きく深呼吸をしてみたが、息苦しさは解消されない。

「それで、綜士はどうするの？　一緒に残る？　それともあいつを一人にする？」

「一緒にいた方が安心だよな。正直、非難に心が耐えられる気がしないけど」

「私が代わってあげようか？」

「お前は古賀さんを助けなきゃならないだろ。自分の仕事を忘れるなよ。と言うか、お前は早く姿を隠せよ。見つかったら怪しまれるぞ。あいつ、勘が鋭いんだから」

「はいはい。じゃあ、時計塔の入口に隠れているから、何かあったら呼んでね」

部室のすぐ横手に、時計塔へと連結するロビーがある。内部へと続く扉は施錠《せじょう》されているが、ロビーには上手《うま》く身体を隠せる死角があった。

緊張感のない顔で手を振ってから、雛美は姿を消す。

もうすぐ、芹愛がやって来る。

鼓動の音が聞こえてしまうのではと思うほどに、激しく心臓が脈打ち始めていた。

4

南棟の三階に現れた芹愛《せりあ》は、風の吹かない湖のように無表情だった。

俺に促《うなが》される形で、彼女が先に部室へと足を踏み入れる。それから、壁を覆《おお》い尽《つ》くさんばかりの掛け時計を見て、戸惑いの眼差《まなざ》しを浮かべた。

「……ここは何をする部活なの？」

「草薙《くさなぎ》千歳《ちとせ》って先輩の話は聞いたことある？」

芹愛は首を横に振った。

「二回留年している二十歳の三年生なんだけど、ここはその千歳先輩が作った部なんだ。部室って言っても実際の部員は一人だから、ほとんど私室みたいなものなのかな」

「……綜士《そうし》はその千歳って人と知り合いなの？」

「まあ、色々とあってさ。立ち話も何だし、ソファーに座ったら？」

「話が終わったらすぐに出て行くから、このままで良い」

取りつく島もなかったが、会話自体を拒絶されているわけでもないようだった。

本当にこれが、もうすぐ自殺しようと思っている人間の顔なんだろうか。

「それで、うちのお父さんが何を言っていたの？」

扉に目をやる。芹愛は密室で俺と二人きりになりたくないはずだ。警戒されるのも嫌で、扉は開け放したままにしてある。

そして、本題の質問に答えるより早く……。

俺も芹愛も触っていないのに、部室の扉が外側から閉じられていった。

さらに次の瞬間、鍵《かぎ》をロックするような音が響く。

「……何？　誰か外にいるの？」

「昨日の夜、そこの扉を改造したんだ」

「改造？」

普段は千歳先輩が座っているロッキングチェアに腰を下ろす。

「外側から施錠出来るようにした。鍵がなければ内側からは開けられない」

顔を歪《ゆが》めた芹愛がドアノブに歩み寄り、力をかけたが、扉はびくともしなかった。

「どういうつもり？　私を閉じ込めたってこと？」

「俺も鍵は持っていないから、その扉は開けられない。ついでに言うと、そっちの窓は、滑《すべ》り出し窓になっているから外には出られない。出られたところで三階だけど」

「何がしたいの？」

怒りを押し殺した声で、芹愛が問う。

「ソファーに座れよ。数時間はここから出られないんだ」

「分かるように説明して。お父さんからの伝言があるって話は嘘だったの？」

「ああ。悪いけど、それは嘘だ」


世界中の誰よりも大切なのに。

誰よりも芹愛の幸せを願っているはずなのに。

今日も彼女から向けられる視線は、こんなにも敵意で満ちている。

「外で鍵をかけたのは誰？　こんなところに私を閉じ込めて、一体何をしたいの？」

大切な人からの嫌悪の眼差しは、鋭利なナイフのようだ。

「時間はたっぷりある。全部、正直に答えても良いけど、先にこっちから一つだけ質問させてくれ。なあ、芹愛。お前、自殺しようとしてるだろ？」

彼女の両目が大きく見開かれた。

思い当たる節《ふし》がなければ、こんな反応は示さない。

何故、俺が自殺願望について知っているのか。芹愛はまったく意味が分からないことだろう。こんな風に直球の質問をぶつけても、答えてもらえる保証はない。しかし、仮に答えが得られなかったとしても、既に作戦は成功している。

俺たちは芹愛を部室から出すつもりはない。夕刻に駅で死ぬことは不可能だ。

「どうして自殺なんてしようと思ったんだ？　それを正直に答えてくれたなら、俺たちがやっていることの意味も全部、説明するよ」

唇《くちびる》を強く結んだまま、芹愛は俺を睨《にら》みつけていた。

その瞳《ひとみ》に灯《とも》った憎しみにも似た何かが、ゆらゆらと揺れている。

「答えるつもりはないってことか？」

「……先に答えるべきなのは、そっちの方でしょ」

「そうだな。お前の言っていることが正しいよ。間違っているのは俺たちだ。こんな場所に呼び出して、説明もなしに閉じ込めて、頭のおかしなことをやっているって自覚はある。だけど、最初に断った通りだ。お前が自殺しようとしている理由を教えてくれない限り、何一つ説明出来ない。この部屋から出すわけにもいかない」

俺から視線を剥《は》がし、芹愛はソファーの前まで戻って腰を下ろす。

それから、彼女はただ虚空《こくう》を見つめ続けた。

窓を開けて大きな声で叫べば、助けを求めることだって出来るだろう。そんな事態を俺たちは恐れていたわけだが、芹愛は一切の動きを見せなかった。

「お腹《なか》が減ったら、そこに置いてあるパンと水をどうぞ」

彼女は机の上を一瞥《いちべつ》したものの、それ以上の動きは見せなかった。


『芹愛は何も話してくれませんでした。ソファーに座って、ただ宙を見つめています』

千歳先輩と雛美《ひなみ》に室内の状況をメールで送ると、すぐに返信がきた。

『情報を得られなかったのは残念だが、想定された状況だ。このまま経過を窺おう。万が一ということもある。油断せずに彼女を見張っていてくれ』

自殺の補助になりそうな物は、すべて昨日の内に写真部の部室へ移動させてある。滑り出し窓は十センチほどしか開かないため、飛び降りることも不可能だ。この部屋で自殺しようと思ったら、舌を嚙《か》み切るくらいしか出来ないだろう。すぐ隣に俺がいる状態で、そんなことをするとも思えない。

『一点、こちらからも報告だ。古賀将成《こがしょうせい》の動向に不審な点はない。少し前にライブ会場へ向かい始めたと連絡が入ったところだ。引き続き、友人に連絡を入れさせる。何かあれば知らせるが、君は君の役割に集中してくれ』

このまま俺は夜まで芹愛を見張り続けることになるだろう。

古賀さんの死を食い止める任務は、千歳先輩と雛美に任せるしかない。

五周目の世界で、芹愛が死んだのは午後五時台のことだ。

やがて、窓の向こうに見える空が茜色《あかねいろ》に染まり、太陽がゆっくりと沈んでいく。

俺たちの行動が彼女の運命を変えたということだろうか。

午後六時を過ぎても、黙し続ける芹愛の様子に変化は起こらなかった。

午後八時、街が完全に闇《やみ》に飲まれた後で、トランペットの音が聞こえてくる。

夜行祭が始まったのだろう。それに気付いた芹愛に、

「いつまでこんなことを続けるつもり?」

低い声で問われたが、

「死のうと思った理由を話す気になったか?」

質問に質問を返すと、彼女は再び黙り込んでしまった。

千歳先輩からのメールによれば、古賀さんは午後七時に開演したライブを、予定通り楽しんでいるらしい。ライブの終演時刻は分からないものの、途中で抜け出さない限り、夜行祭が終わる前に白鷹高校へやって来るのは難しいだろう。

五周目の世界で芹愛が死んだ時刻は、とっくに過ぎている。しかし、自殺の動機が分からない以上、安心など出来るはずもなかった。ここから解放されれば、線路になんていつでも飛び込めるはずだ。

午後九時半を回ると、再び賑《にぎ》やかな音楽が聞こえてきた。

夜行祭のクライマックスであるキャンプファイヤーが始まるのだろう。

一騎《かずき》が消える前、四周目の世界で俺は実行委員に捕まり、夜行祭の写真を撮らされている。今回も実行委員は俺の姿を探したのかもしれないが、教室にも部室にも顔を出していないため、彼らに捕まるということはなかった。

この部屋に芹愛を閉じ込めてから、既に五時間以上が経過している。お腹も減っているはずなのに、芹愛は机の上のパンと水に手を伸ばしていなかった。ソファーから動く素振りすら、一度も見せていない。

「いい加減、解放してくれない？」

夜行祭の終了時刻、午後十時を回った後で、再び芹愛が口を開いた。

「自殺の動機を話してくれるのか？」

「お手洗いに行きたいんだけど、それも許してもらえないの？」

言葉に詰まった俺を、芹愛は真っ直ぐに見据える。

「ここに私を閉じ込めたのは、自殺させないためなんでしょ？」

「その質問に頷《うなず》いたら、正直に話してくれるのか？」

「私は別に死のうなんて思っていない。そう言っても信じてくれないんでしょ？」

「ああ。自殺の話題を最初に出した時、明らかにお前は動揺していた。思い当たる節がなけりゃ、あんな反応は見せないはずだ」

怖いくらいの眼差しで俺を見つめていた芹愛が、深い溜息《ためいき》をつく。

「どう説明しても理解はしてもらえなさそうね。分かったわ。じゃあ、一つ約束をするから解放してくれない？」

「約束？」

「私は自殺なんて絶対にしない。そう約束する」

ずっと、ただひたすらに芹愛を眺め続けてきたのに。

彼女の表情から感情を推し量ることさえ、みじめな俺には出来なかった。

芹愛は雛美とは違う。真顔で嘘をつくような女だとは思わないけれど……。

「お願い。お手洗いに行きたいの。綜士だってそうでしょ？　それだけの量の水を飲んだんだから」

用意しておいた食料に芹愛は口をつけなかったが、俺は持ち込んでいたペットボトルを空にしていた。我慢出来ないわけではないが、トイレに行きたくないと言えば嘘になる。

「……分かった。一旦、ドアは開けてもらう。ただし、解放するかどうかは外の仲間と相談してからだ。もしも逃げようとしたなら、実力行使でここに戻させてもらう」

「今更そんなことしない。逃げるつもりなら明るい内に窓から助けを呼んだわ」

一理ある反論だった。

ここに閉じ込められて以来、芹愛は抵抗らしい抵抗を見せていない。


午後十時七分、数時間ぶりに部室の扉が開く。

古賀さんのことが本当に気にならなかったのだろうか。雛美は千歳先輩と共に、ずっと部室の外で待機していたようだ。古賀さんはライブ終了後の物販列に並び始めたらしく、夜行祭が終わる時刻までライブ会場にいたとのことだった。

「そう、あなたも綜士とグルだったのね」

扉の向こうに姿を現した雛美を見て、芹愛は苦々しげに告げる。

「この私が友達になってやろうって言ってるのに断ったりするから、こういうことになるのよ。どう？　閉じ込められて、ちょっとは反省し……」

「君が喋ると話がこじれる。黙っていてくれ」

雛美の口を左手で塞《ふさ》ぐと、千歳先輩はそのまま身体を前に入れた。

「織原芹愛《おりはらせりあ》、君とは初めましてだな。まずは今日の非礼を詫《わ》びさせてくれ」

「あなたが綜士の言っていた時計部の先輩？」

「ああ。草薙千歳だ」

「それで、私は解放してもらえるのかしら」

「返答次第だ。君が切り出したという約束についてメールで知ったが、改めて聞かせてもらいたい。絶対に自殺なんてしない。それを亡くなった父親に、織原泰輔《おりはらたいすけ》に誓えるか？」

泰輔さんの名前を出され、一瞬で芹愛の顔が怒りに歪んだ。

「不躾《ぶしつけ》に故人の名前を出され、君が憤《いきどお》るのは理解出来る。だが、それくらいこちらも真剣なのだということを汲《く》み取って欲しい。冗談や嫌がらせでこんなことをしているわけじゃない。本気で君の命を心配しているんだ」

「あなたたちは私と無関係でしょ。どうして赤の他人を……」

「赤の他人だろうが、親友だろうが、誰かを助けることに理由なんているのか？」

「……普通はいるでしょ」

「だとすれば、君の普通と僕の普通は違うということだ。そして、僕は自分の流儀を譲るつもりもない。命を粗末にしないと、君が父親の名にかけて誓わない限り、ここは通さない。絶対にだ」

極端に線が細く、中性的な容姿の千歳先輩は、強く押しただけで簡単に折れてしまいそうな外見だ。しかし、そんな見た目とは裏腹に、圧倒的に強い意志を持つ人である。適当な言葉でやり過ごすことは出来ない。それを芹愛も悟ったのだろう。

「分かったわ。あなたの言うことを聞けば良いんでしょ。お父さんの名にかけて誓う。私は絶対に自殺なんてしない。これで良い？」

「二言はないな？」

千歳先輩の念押しに対し、

「ないわ。もう私が死ぬ意味もない」

芹愛は吐《は》き捨てるように、そう告げた。

「これで解放してもらえるのかしら？」

俺の脇《わき》をすり抜け、芹愛が部室の扉をくぐる。

「一応、綜士が家まで見張った方が良いんじゃないの？」

軽い口調で告げた雛美を、芹愛が睨みつける。

「さっきから一体何なの？　あなたには関係ないでしょ？」

「うるさい。あんたになんて話してないんだから、割り込んでこないで。綜士、最後まで見張った方が良いよ。こいつが嘘をついているかもしれないじゃない」

怒りに満ちた眼差しで、芹愛が先輩を睨みつける。約束が違うと言いたいのだろう。

「君の怒りはもっともだ。雛美の奇行には僕らも手を焼いている」

「ちょっと、どういう意味よ」

「言葉のままだ。事態をややこしくしないでくれ。織原芹愛、僕は君の誓いを尊重する。もちろんこのまま解放するし、後をつけたりもしない。ただ、最後に一つだけ念押しをさせてくれ。こんな時間だ。帰途には十分に注意深くあって欲しい」

「帰りが遅くなったのは、あなたたちのせいでしょ」

「そうだな。返す言葉もない」

振り返った芹愛が俺を一瞥する。それから、何かを言いかけて口を開いたが、結局、それ以上の言葉は彼女の唇から零《こぼ》れ落《お》ちてこなかった。

そのまま芹愛は一人で去っていく。

「本当に一緒に帰らなくて良かったの？」

部室に入るなりソファーに寝転がり、雛美が尋《たず》ねてくる。

「……良いんだ。芹愛は嘘をつくような奴《やつ》じゃない。それに、これ以上あんな目で見つめられたら、本気で頭がどうにかなってしまう」

「ああいう軽蔑《けいべつ》の眼差しで見られていたいから、芹愛を好きになったんじゃないの？」

「お前、俺を何だと思ってるんだよ」

「根暗な変態ストーカー。やっぱ、そういう男って趣味の悪い女を好きになるよね」

相変わらず言いたい放題な女だった。


「夜行祭の後始末もほとんど終わったようだ」

グラウンドを眺めていた千歳先輩が部室に戻ってくる。

「こんな時間から学校にやって来るとも思えない。古賀将成の死も阻止出来たと考えて差し支えないだろう」

チェーンドライブの振り子時計に目をやると、午後十一時になろうとしていた。

古賀さんの死因は、夜行祭の最中に時計塔から落下することである。事件が起きる時刻が限定されているとすれば、芹愛同様、彼の死は回避出来たということになる。

雛美は先程から、廊下の窓際に立ち、携帯電話を操作していた。

「古賀さんとは連絡を取れたのか？」

雛美の隣に立ち、窓から眼下を覗く。

本日は夜行祭の実行委員やプログラム参加を行う生徒に対し、武道場が宿舎として開放される。閑散とし始めたグラウンドとは対照的に、武道場の周囲に生徒たちが集まり始めていた。

「え？　何か言った？」

携帯電話の画面に夢中になっていた雛美は、俺の声など聞いていなかったようだ。

「お前さ、もう少し緊張感持てよ」

「誰にものを言ってるの。私だよ？　むしろ緊張感しか持ってないんだけど。て言うかさ、綜士もこのニュースを見てよ。やばくない？　ホテルで大火災だって」

「古賀さんと連絡を取っていたんじゃなかったのか？　お前、この状況で、よくニュースなんて読む気分になるな」

好きな人が死ぬかもしれないというのに、どういう神経をしているんだろう。

「いや、だって、ボイラー室が爆発して大火災だよ。このニュースがあと数時間早かったら、キャンプファイヤーだって中止になったかもしれないのに。もったいない」

一から十まで意味が分からなかった。

「何でキャンプファイヤーが中止になるんだよ。それ、八津代《やつしろ》町のニュースなのか？」

「ううん。隣の県」

「じゃあ、まったく関係ないだろ」

「そんなことないよ。だって、ほら、日本人って自粛《じしゅく》が大好きじゃん。ほとんど関係ないくせに、とりあえず自粛しとく？　喪《も》に服しちゃう？　みたいな空気感をよく出しているしさ。自分が不参加で同級生だけが盛り上がっているのも、ちょっとむかつくもん。夜行祭ごと中止になれば良かったのに」

相変わらず、本当にでたらめな思考の女だった。親の顔が見てみたいが、皮肉なことに彼女の両親の顔は、どうひっくり返っても拝めない。

「なんか喋っていたら、お腹空《す》いちゃった」

軽やかな足取りで雛美が部室に戻り、俺も後に続く。

二人はずっと部室の外で待機していたわけだが、夕食を食べなかったのだろうか。ロッキングチェアに揺られながら、千歳先輩がチョコレートをかじり始めていた。

「そう言えば、古賀さんが時計塔に入った方法は判明したのか？」

「そっか。綜士は見ていなかったもんね。時計塔って時刻調整用の出窓があるんだけど、そこから夜行祭開始の合図が出されたの。八時頃にトランペットの音が聞こえなかった？　あれ、時計塔から吹かれていたんだよ。さっき確かめたら扉が施錠されていなかったから、明日も何かあるのかもね」

雛美は机の上に置かれていたパンに手を伸ばす。

「結構、神経すり減らして身構えていたんだけどな。終わってみれば意外とあっけなかった。これで本当に終わったなんて嘘みたい」

「まあ、でも、まだ完全には気を抜けないだろ。古賀さんも芹愛も今日は死ななかったけど、明日からも無事でいてくれる保証はないわけだしさ」

「それを言ったら切りがなくない？　一年後とか二年後に、またタイムリープしちゃうとか私は嫌だよ」

「俺だって嫌だよ。人生をやり直したいって昔はよく思ってたけど、もう繰り返しはうんざりだ」

「確信があるわけではないが、今日を乗り切れたことで、タイムリープは終わったんじゃないかと僕は考えている」

千歳先輩の言葉に雛美の顔がほころぶ。

「それ、マジで言ってる？　何でそう思うの？」

「君たちをタイムリープさせる二つの死が、わずか数時間の内に生じていたからだよ。同時刻でないせいで断定出来ないが、やはり偶然だとは思えない。何らかのメカニズムによって、この十月十日が特別な日となったと考えた方が自然だ」

「つまり、明日以降に芹愛が死んでも、俺はタイムリープしないということですか？」

「幸か不幸か確かめる手段はないがね。まあ、当面の危機は乗り切ったんだ。これからゆっくりと時間をかけて調べさせてもらうさ。幾つか気になることも残っている。機を見て織原芹愛にも話を詳しく聞きたい」

「気になることって何ですか？」

「一つは去り際の言葉だな。『もう私が死ぬ意味もない』彼女はそう言っていたが、いまいち言葉の意味が釈然としない。もう一つは、閉じ込められていた時の彼女の反応だ。綜士は彼女とほとんど喋っていないんだろう？」

「はい。あいつはずっと黙り込んでいました」

「何故、自分が自殺しようと思っていることに綜士が気付いたのか、彼女は君に質問していない。おかしな話だと思わないか？　真っ先に問い質《ただ》しても良さそうな疑問だ」

「そんなの答えは簡単だよ」

いつもの軽い口調で雛美が告げる。

「綜士が自分のストーカーだってことに芹愛は気付いていたんでしょ。男ってさ、見ていることを気付かれていないって思いがちだけど、実は女からすれば分かりやすかったりするんだよね」

「現実的に考えれば、そうなるだろう。しかし、やはり他人が自殺を断定する要因としては圧倒的に弱い。彼女に直接、ヒアリング出来たら良いんだが……」

「難しい気がします。今日の出来事で、先輩の印象も最悪でしょうから」

「あいつ、根に持ちそうなタイプだもんね。色白だし」

五周目の世界でも会うなり喧嘩《けんか》になっていたが、どうして雛美はこうも芹愛に対して攻撃的なんだろう。


「そろそろ芹愛は家に着いた頃かな」

チェーンドライブの振り子時計に目をやりながら、雛美が呟く。時計部の部室には四十七の掛け時計があるが、正確な時刻を刻んでいるのは、その内の一つのみだ。

「上手く電車に乗れていれば、もう着いてるかもな。そっちこそ古賀さんの方はどうなんだよ。ちゃんと無事なのか？」

「十五分くらい前に、お土産の催促メールを送ったら、写真が返ってきたよ」

雛美は自らの携帯電話の画面を見せてくる。アーティスト名の入ったフェイスタオルが映っていた。どうやら本当にやり取りしていたらしい。

「これから帰るって言ってたから、まだ帰宅途中じゃないかな。そのままアパートに帰ってくれたら良いんだけどね。今日は夜でも校舎に入れるでしょ。一応、終電がなくなるまで、私はここで見張るつもり。二人はどうするの？　綜士は芹愛がちゃんと帰宅したか気になってるんじゃない？」

「気になるのは気になるけどな。まあ、雛美がここに残るなら付き合うよ。一ヵ月間、協力してもらったわけだし」

「芹愛より私を優先するとは、なかなか良い心掛けだ。その男気に敬意を表して、帰りに牛丼《ぎゅうどん》特盛りを奢《おご》らせてあげよう。千歳先輩はどうするの？　さすがにこれから事態が動くことはないと思うけど」

雛美の声が聞こえないのか、先輩は怖い眼差しで壁を見つめていた。

「ねえ、先輩、話を聞いてる？」

「……綜士。ここに閉じ込められていた間、芹愛はソファーから動いていないと言っていたな。君が目を離した瞬間はなかったか？」

「完全に見張り続けていたってことはないですけど、芹愛が動けば気付きますよ。何かあったんですか？」

「幾つか掛け時計の時刻が狂っている」

先輩が指差した時計に目を向けると、確かに周囲の時計と大幅に時間がずれていた。

部室の掛け時計は、五年前の時震《じしん》で発生した時間のずれを再現している。中央にあるチェーンドライブの掛け時計のみが正確な時刻を刻んでおり、最も時間がずれている時計は、五十七分四十二秒、正しい時刻より進められている。

四十六の時計の誤差は、すべてが一時間以内におさまっているはずなのに、先輩が指差した時計は五時間以上ずれていた。

「織原芹愛は掛け時計に触ったか？」

「時計に驚いてはいましたけど、触ってはいないはずです」

「時刻が狂っている時計は五つだ。複数の時計で同時に電池トラブルが起きたとは考えられない。彼女が犯人でないとすると、これは……」

深刻な眼差しで千歳先輩は考え込んだが、

「犯人なら分かりますよ。雛美です」

俺の言葉に先輩が眉《まゆ》をひそめ、

「はあ？　ちょっと待ってよ。何で私が犯人なわけ？　時計なんて触ってないし」

雛美は即座に否定した。

「お前、先輩と喧嘩した腹いせだって言って、針をめちゃくちゃにしてただろ」

「マジでそんなことやってないんだけど。何月何日何時何分何秒に私がそんなことをしたってわけ？」

「えーと、あれ……。昨日……ではないよな……」

「五周目の記憶か？」

鋭い声で先輩に問われ、記憶のピースがはまる。

「あ……。すみません。多分、そうです。白稜祭の前日に雛美と先輩が大喧嘩になったことがあって、その後でこいつ、腹いせに時計の時刻をめちゃくちゃにしたんです」

「うわー。我ながらやりそうだわ、それ。でも、まあ、時効だよね。前の周回の記憶なんてないもん。責任は取らないよ。て言うか、悪いのは私を怒らせた先輩だしね」

清々《すがすが》しいまでの開き直りを雛美は見せたが、千歳先輩の表情は晴れない。

「今の話が真実だとすれば、五つの掛け時計は、五周目の影響を継続させているということか？　いや、それも違うな。昨日まで時計の針は正常な位置を示していたはずだ。時刻が狂っていることに、僕が一ヵ月も気付かないはずがない」

目の前の時計が時刻を狂わせただけ。起きている事象は、ただそれだけだ。千歳先輩は酷く動揺しているが……。

「時刻がずれているのは五つの時計だけなんですよね？　あの時、雛美が悪戯《いたずら》した時計の数は五つどころではなかったはずです。それこそほとんどの時計の針を、めちゃくちゃにしていました。だから、五つの時計しかずれていないのであれば、前の周回の影響を引き継いでいるということにはならないんじゃないでしょうか」

「しかし、雛美以外にこんな低俗な悪戯は出来ないはずだ」

「先輩、喧嘩売ってる?」

「五周目の影響が及んでいると考えるべきだと思う。問題はこの五つの時計だけが特別だったのは何故かという……」

その時だった。

足下の床が崩れ落ちたかのような感覚に襲われ、尻《しり》もちをついてしまう。そして、

「時震だ!」

床に膝《ひざ》をついた千歳先輩が、即座にそう叫んでいた。

「綜士! 君がタイムリープを……」

「違います! だって、芹愛が生きているか死んでいるかなんて俺は!」

はっきりと自覚出来ていた。この時震の発生源は俺じゃない。だとすれば……。

弾《はじ》かれるように振り向いた先で、ソファーから落ちていた雛美が首を横に振った。

「私でもないわ! だって、絶望なんてしていない!」

立っていられないくらいの強さで揺れているのに、掛け時計も机の上に置かれた本も落下していない。間違いなく時震だった。

意味が分からない。

仮に芹愛か古賀さんのどちらかが死んでいたのだとしても、俺も、雛美も、それを知っていない。それなのに、どうして……。

「……もう一人、タイムリーパーがいたということか？」

呆然《ぼうぜん》と千歳先輩が呟く。

「これは相当にまずい状況だ！」

俺と雛美の手を取った先輩の手に、信じられないほどの強さが込められていた。

「これから七周目の世界が始まることは間違いない。そして、その世界を始めるのは綜士でも雛美でもない。つまり、誰もこの記憶を引き継げないということだ。僕らは六周目の世界だと思い込みながら、七周目の世界を生きることになる！」

そうか。俺が跳躍した後の世界で雛美が記憶を引き継げていなかったように、前の周回の記憶を保持出来るのは、タイムリープした本人だけなのだ。

「じゃあ、私たちは次の周回でも、また同じ結末しか描けないってこと？」

「迂闊《うかつ》だった。タイムリープ出来る人間が二人だけだなんて確証はなかったのに！　もう二度と油断しないと誓ったはずなのに！」

「これじゃあ切りがないよ……。こんなのどうすれば……」

残された片方の手で雛美が頭を抱える。

積み重ねてきた一ヵ月の努力は、一体何だったんだろう。

タイムリープに囚《とら》われてしまった俺たちは、もうこの悪夢から抜け出せない。こんなことになっているんじゃ、何をどうしても……。


「いや、希望はまだある！」


折れそうになった心に、千歳先輩の意志ある声が響いた。

「三人目のタイムリーパーが誰なのかは分からない。だが、五年前の時震を、八津代町で経験した人間で間違いないはずだ。君たちがそうだったように、時震の発生源と考えられる白鷹高校に深く関わる人物である可能性も高い」

「でも、そんなことが分かったって……」

「タイムリープした人間の周囲では、親しい人間が消失する。それが目印になるはずだ！　消失した人間に気付ければ、必ずもう一人のタイムリーパーの存在にも辿《たど》り着ける！」

手を繋げる距離にいるのに、少しずつ先輩の声が遠くなっていた。

問答無用のタイムリープが始まってしまうのだ。

「僕は誰よりも僕のことを信じている！　約束する。必ず三人目のタイムリーパーに気付いてみせる！　今度こそ必ず、君たちを救ってみせる！」

どうして先輩はこんなにも強いんだろう。

俺のことも、雛美のことも、一ヵ月前まで名前さえ知らなかったのに、どうして自分自身のことのように吼《ほ》えてくれるんだろう。

「絶望するな！　君たちは一人じゃない。何があっても必ず傍に僕がいる！」

千歳先輩の強い言葉に揺らされ、雛美の両目から涙が溢《あふ》れる。

そして、無色透明な雫《しずく》が床で弾《はじ》けるよりも早く。

誰に断りもせずに、六周目の世界は終わっていた。

第九話

今はもういない友達を

傷つくことも、傷つけられることも、上手に避けて。

一番大切な言葉だけ口に出来ないまま、こうして大人になっていく。

1

閑散とした薄暗い喫茶店に、フランソワーズ・アルディの寂《さび》しげな歌声が満ちていた。

「そろそろ学生さんは帰りなさいね」

年配の店主に声を掛けられ、携帯電話で時刻を確認すると、午後十一時になるところだった。そろそろ終電を気にしなければならない時間でもある。

ほとんど口をつけなかったカモミールティーも、すっかり冷えてしまった。

「もうこんな時間か」

先輩はびっしりとメモが取られたノートに目を落とす。

「そろそろお開きにするべきだな。僕としても聞いた話を整理する時間が欲しい」

目の前に座す草薙《くさなぎ》千歳《ちとせ》は、二度の留年を経験している高校三年生だ。

誕生日を迎え、先輩は既に二十歳《ハタチ》になっている。補導されるような年齢ではないとはいえ、制服を着ている以上、店員に注意されるのも無理のない話だった。

*

「君は電車通学だったな。最終の時刻は覚えているか？」

「二十分後です」

「では、歩きながら話そう」

駅までの道を、先輩は背筋を伸ばして歩き出す。

「君の話が信用に値するものなのか。僕にはまだ判断をつけられない。ただ、聞かされたすべてを真実と仮定して、言っておきたいことがある。君が言うところの五周目の世界で、タイムリープを防げなかったこと。まずはそれを謝罪したい。すまなかった」

「やめて下さい。先輩に責任なんて……」

「いや、僕の責任だよ。それだけの情報を与えられながら、危機を防げなかったことを心から恥じる。まさかこんな形で自身に失望させられるとは思わなかった。便宜的に『五周目の僕』と呼称させてもらうが、はっきり言って信じられないほどに迂闊《うかつ》だ。今、話を聞いた限りでも、確かめるべきこと、打つべきだった手段が、幾《いく》つも思い浮かぶ。まったくもって己の浅薄さが恨めしい。とはいえ、すべてを整理出来たわけじゃない。しばし、熟考するための時間をくれ。明日の放課後、もう一度、時計部の部室に来て欲しい」

「分かりました」

「それともう一つ。結論も出していないのに、君の行動を制限するのもどうかと思うが、これだけは言わせてくれ」

一度、立ち止まり、先輩は周囲を見回す。

こんな時間だ。俺たちのほかに通行人はいない。


「当面の間、五周目の世界で失敗したことを、鈴鹿雛美《すずかひなみ》には話すな」

俺は十月十日にタイムリープが発生すると、三十日と半日分過去に戻る。

本日は三度目の経験となる九月十日だった。

四周目と五周目の世界の記憶を持つ俺は、出会ってもいない五組の鈴鹿雛美のことを既に認識しているが、千歳先輩は数時間前まで彼女の名前すら知らなかった。雛美がタイムリーパーであること、自由奔放で身勝手な女だということ、幾つかの情報を伝えてはいるものの、先輩にとっては未《いま》だ正体が判然としない人間のはずである。

「それは、どうしてですか?」

俺にとって鈴鹿雛美は、タイムリープという悪夢を共有する、運命共同体のような存在である。五周目の記憶を彼女に話すなというのは一体何故《なぜ》だろう。

「過去の自分たちを越えるためにも、徹底的にクレバーに動く必要がある。そのためには、あらゆる懸念を潰《つぶ》さなければならない。『君に話した推理のすべてを、正確に、次に会う僕に伝えてくれ』五周目の僕はそう言っていたんだろ？　そして、その言葉に忠実に応え、君は鈴鹿雛美に対して僕が抱いていた懸念について包み隠さずに話した」

「はい。覚えている限りのことは話したつもりです」

「鈴鹿雛美は何らかの嘘《うそ》をついていた。それを知っていることが、この六周目のアドバンテージであると僕は考える。まずは彼女の隠し事を暴《あば》くべきだ」

「じゃあ、それまで雛美には……」

「近付かなくて良い」

千歳先輩は迷うことなく断言する。

「君の話を信じるか否《いな》か。今晩中に結論を下す。もう八割方の結論は出ているがね。念《ねん》の為《ため》、熟考したい」

気付けば駅のロータリーに到着していた。

「それでは、また明日会おう」

徒歩で通学しているという千歳先輩は、そのまま幹線道路の方角に歩き始めた。

数歩進んだところで先輩は歩みを止め、こちらを振り返る。

「一つ言い忘れていたことがあった」

「何ですか？」

「最初に会いに来てくれたことを嬉《うれ》しく思う」

純真な瞳《ひとみ》で真《ま》っ直《す》ぐに見つめられ、返す言葉に詰まってしまった。

「僕を信頼してくれて、ありがとう。では、おやすみ」

きびすを返し、今度こそ先輩は去っていった。


小さくなっていく後ろ姿を見つめながら、本当に感謝をしているのは、こちらの方だと思った。

芹愛《せりあ》を守れずにタイムリープに至り、直面したのは母が消えた残酷な世界だった。昨日まで当たり前のように喧嘩《けんか》をしていた母が、生活の痕跡《こんせき》と共に忽然《こつぜん》と姿を消している。これを絶望と言わずして、何を絶望と形容すれば良いのだろう。

恐怖と、混乱と、戸惑《とまど》いの果てに、どうしようもないほどの後悔が爆《は》ぜていた。

それでも、力の抜けた両足で、もう一度、立つことが出来たのは、頼りに出来る相手がいたからだ。千歳先輩なら理解してくれる。先輩ならば絶対に力になってくれる。

たった三週間、行動を共にしただけなのに、そんな確信があった。

駅からの帰り道。

夕ご飯を買って帰った方が良いと、頭では分かっていた。

しかし、存在しないはずの希望を何処《どこ》かで諦《あきら》め切れていなかったからだろう。朝に自宅で見た光景は何もかもが夢だったのかもしれない。そう思いたくて、最後にもう一度だけあがいてみたくて、コンビニもスーパーも素通りして帰宅する。

＊

九月十日、午後十一時四十七分。

帰宅した家には、やはり灯《あか》りがついていなかった。母が消える前の世界では、どんな時間に帰っても、どんな喧嘩をした後でも、帰宅すれば、必ず夕食が用意されていた。けれど、リビングに広がっていたのは、家を出る前とまったく同じ景色だった。

冷蔵庫の中にはろくな食材が入っていない。食器棚の中に入っていたインスタントラーメンを茹《ゆ》でていたら、気付かぬ内に涙が溢《あふ》れてきた。

こんなことになるのなら、あんなに冷たい言葉ばかり、かけたりしなかったのに。

こんなことになると知っていたら、もう少し母をいたわり、家事だって手伝ったのに。

洗濯機の使い方はおろか風呂《ふろ》の沸かし方すら分からない。掃除機が何処にあるのかも分からない。ゴミの分別の仕方も、それを出せる曜日も分からない。自分に出来る家事を探す方が難しい有様だった。

六周目の世界で思い知ったのは、芹愛の死に対する恐怖だけじゃない。

どうしようもないクズだった己の真実を、今、鏡もない場所で突きつけられていた。


……しかし、本当の衝撃は翌日にやってくる。


母親が消えてしまったことは確かにショックだった。

だが、突きつけられた現状は理解出来ている。

何故、こんなことになってしまったのか、その理屈は分かっていた。だからこそ、痛みを噛《か》み殺して千歳先輩の下に出向き、なすべきことへと頭を切り替えることが出来た。

ところが、次の展開はあまりにも予期せぬものだった。

あまりの混乱に身体が震え出すのを止めることが出来ない。

九月十一日、金曜日。

登校してすぐに、俺はその事実を知ることになる。

クラス担任であり、芹愛の継母《ままはは》でもある彼女が、世界から消失していた。

織原亜樹那《おりはらあきな》。

2

芹愛《せりあ》の継母、亜樹那《あきな》さんが世界から消え、俺以外のクラスメイトは誰一人としてその事実を認識していない。

直面した事実を告げると、千歳《ちとせ》先輩は実に一時間以上、黙り込んでしまった。

四十七の掛け時計を睨《にら》みつけながら、先輩はひたすらに黙考を続ける。それから、

「……僕らは致命的な勘違いをしていたらしいな」

先輩の口から飛び出したのは、そんな言葉だった。

「どういう意味ですか？　俺、もう本当に訳が分からなくて……」

放課後に部室へ来るよう言われていたが、亜樹那さんの消失を知り、恐怖と混乱で狂いかけた俺は、約束の時刻まで待つことが出来なかった。一秒でも早く先輩の口から説明を聞きたかった。それ以外の方法では、正気を保《たも》つことが出来ないようにさえ思えた。

朝からここでタイムリープについて考察していたのだろう。三限が始まる前に部室へ出

向くと、今日も先輩は授業をさぼっていた。

そして、新事実を耳にした途端、険《けわ》しい顔で黙り込んだ先輩が、熟考の果てに辿《たど》り着いた結論は……。

「タイムリーパーは杵城綜士《きじょうそうし》と鈴鹿雛美《すずかひなみ》の二人だけではなかった。この世界には、三人目のタイムリーパーが存在しているんだ。それも、ごく身近にな」

……三人目のタイムリーパー？

「でも、そんなこと……」

「織原亜樹那《おりはらあきな》が消失し、その記憶を周囲の人間が保っていないということは、彼女がタイムリープに巻き込まれたということだ。鈴鹿雛美と君の担任はほとんど無関係だろう？タイムリーパーと親しい人間から順に消失していくというルールが判明している以上、君たち以外にも能力者がいると考えるしかない」

割れるように痛む頭を両手で押さえる。

「分かりません。いや、理屈は分かるんですけど、もう何が何だか……。だって、変じゃないですか？　タイムリープに巻き込まれて消えた人間は、全員から忘れ去られてしまうんです。だけど俺は亜樹那さんのことを覚えてる。どうして俺だけが……」

「それは別に不思議な話じゃない。君がタイムリーパーだからだよ」

「……すみません。俺は先輩みたいに頭が良くないんです。もう少し丁寧《ていねい》に教えてくれませんか?」

「失敬。言葉足らずな説明だったたな。順を追って話そうか」

愚鈍な俺に苛立《いらだ》つことなく、千歳先輩は柔らかな微笑を浮かべた。

「君はこの世界を、六周目の世界だと認識していた。だが、ここが最低でも七周目以降の世界であることは間違いない。最低でもと言ったのは、現時点で三人目のタイムリーパーが、何回、過去に跳躍しているか断定出来ないからだ。今はひとまず説明のために、ここを七周目の世界と仮定して話を進めさせてもらう」

がんじがらめになった紐《ひも》を解いていくように、先輩は言葉を続ける。

「綜士がこの世界を六周目と思い込んでいたのは、六周目の世界を生きた記憶がないからだ。鈴鹿雛美が五周目の世界を四周目と思い込んでいたように、最後の周回の記憶を引き継げるのは、直近のタイムリープに至った人間だけなんだ。しかし、一方で鈴鹿雛美は一周目、二周目、三周目の記憶を失っていない。同様に、君も四周目と五周目の記憶を保持している。つまり、タイムリーパーは自分以外の人間が跳躍した周回の記憶を引き継げないものの、自身がタイムリープに至った周回の記憶を失うことはないということだ」

「それは、何となくそうなんだろうなって思っていました。でも、それとこの話はどう繋《つな》がるんでしょうか?」

「タイムリープに巻き込まれて消失した人間は、当該タイムリーパー以外の記憶から消えてしまう。恐らく、この七周目の世界が始まった時点で、君の記憶からも織原亜樹那は消えたはずだ」

「でも、俺は覚えてます。はっきりと」

「そう。君は覚えている。何故なら、ほかの人間とは違い、君の中には四周目と五周目の記憶が残っているからだ。その記憶までは上書きされていないんだよ。だからこそ、織原亜樹那のことを忘れられずにいられた。そういうことだ」

タイムリープを経験していたが故《ゆえ》に、彼女を覚えていられたということだろうか。

「……親友も母親も失って、本当、何でこんなことになったんだろうって思っていましたけど、この繰り返しにも意味があったってことなんですかね」

「ああ。あったに決まっているだろ。君たちが痛みを経験したお陰で、僕はこれから力になれるんだ。そうだ。まだ結論を話していなかったな。今更になるが、一晩、熟考した結果、君の話を信じないわけにはいかないという結論が出た。全面的に協力させて欲しい。君のことも、鈴鹿雛美のことも、そして、正体の分からない三人目のタイムリーパーのことも、僕は救いたい」

それから、千歳先輩は心苦しそうに笑って見せた。

「現状を冷静に踏まえれば、僕が何度も失敗していることは間違いない。五周目の君たちも、六周目の君たちも、僕は救えていないんだ。この世界が七周目であるという確証もないから、もしかしたらもっと何度も失敗している可能性だってある。残念だが僕という男は、その程度の人間ということだ。それでも、赦《ゆる》してもらえるだろうか？　もう一度、僕に協力させてくれるか？」

「当たり前です。先輩に謝ってもらうことなんて何一つありません。今日だって、亜樹那さんが消えたと知った時は、本当に頭がおかしくなりそうだった。どうして良いか分からなくて、先輩がいなかったらとっくに諦めていたかもしれない」

だけど、この世界には千歳先輩がいた。

誰よりも真っ直ぐに正義を愛する先輩がいてくれた。

恐ろしく細い白皙《はくせき》の手が差し出される。

「綜士。最初に断っておくが、僕は諦めの悪い男だ」

不敵に笑った千歳先輩の手を、強く握り締める。

「知っています。先輩がそういう人だって、俺は泣きたくなるくらいに理解してますよ」

確かめようのない可能性に怯《ひる》んでも仕方がない。

今は、ここを七周目の世界と仮定して戦うしかない。

折原芹愛と古賀《こが》将成《しょうせい》の死を食い止める。

そして、三人目のタイムリーパーを見つけ出し、その人物の絶望を振り払う。

俺たちは今度こそ、この残酷なループから抜け出さなければならないのだ。

3

計画の成功は、準備にかけた時間によって担保されるわけではない。

それでも、俺たちはベストを尽くす必要がある。

三人目のタイムリーパーを探すという新たな難題が出現したものの、手始めに行うべきは自分たちの足下を固めることだ。

千歳《ちとせ》先輩と共に消失する人間のルールを調べた後で、鈴鹿《すずか》雛美《ひなみ》の調査を開始する。

現時点で一つ、はっきりと分かっていることは、雛美が俺たちに何か重大な隠し事をしていたということだ。そのため、彼女の自宅を突き止め、尾行によってその素性を調べようと思ったわけだが、作戦は予期せぬ形で失敗に終わる。

雛美には緒美《つぐみ》という双子の姉がおり、その姉を尾行してしまった結果、二重尾行によりイニシアチブを奪われた状態で対面することになってしまったのだ。

幾つかの誤算はあった。

想定外の事実も存在していた。

しかし、俺たちは再び時計部に集うことになる。そして……。

「では、今後の指針をまとめようか」

ロッキングチェアに腰掛けた千歳先輩が、大胆にソファーを独占する雛美と、パイプ椅《い》子《す》に座る俺に告げる。

「現在、僕らには三つの目標がある。織原芹愛《おりはらせりあ》の自殺を止めること。古賀将成《こがしょうせい》の転落死を食い止めること。そして、三人目のタイムリーパーを見つけ出すことだ。三つの中で最も優先順位が高い項目は、三番目のタイムリーパー探しになる。何故なら、今回、消失した人間が織原亜樹那《おりはらあきな》であるという事実を踏まえるなら、君たち二人は直近のタイムリープを回避出来ている可能性が高いからだ」

「しかも、消えたのが織原先生ってことは、三人目のタイムリーパーは、芹愛とも無関係じゃないかもしれないってことだもんね」

「その通りだ」

雛美は両親と弟を、俺は親友と母親を、タイムリープによって消失している。親しい人間から消えていくというルールがある以上、雛美の予想は当然のものだろう。

クラスメイトたちは消失した亜樹那さんのことを認識していなかったが、雛美はしっかりと覚えていた。千歳先輩が推理した通り、タイムリープを経験した者は、記憶が上書きされても、自分が跳躍に至った周回の記憶を保てているのだろう。

「現状、候補者として考えられる人間は三人いる。夫である織原泰輔《おりはらたいすけ》、それに娘の安奈《あんな》と芹愛だ。だが、この内、織原泰輔は候補者から外しても良いだろう。彼は君たちがタイムリープに至るXデーの十日前に亡くなるからだ。六周目の時点で君たちには十分な情報があった。雛美にとっては四度目の、綜士にとっては三度目の挑戦でもある。十月十日に君たちがタイムリープを回避出来た可能性は高い。それ以降にタイムリープをした人間が、織原泰輔であることは物理的に有り得ない」

「つまり、芹愛本人か姉の安奈が怪しいってことね?」

「織原亜樹那は芹愛と安奈にとって血の繋がらない継母だ。断定までは出来ない。とはいえ、その関係性が良好ではなかったと自称する綜士の場合も、母親が消えているんだ。時間と空間を共有する家族が、最たる候補者であることに疑いの余地はない。そして、これも念頭に入れておいて欲しい事実だが、織原亜樹那にはこれまでに消失した人物たちとは一線を画す、一つの特異点がある」

「特異点?」

「彼女は妊娠中だった。つまり、今回、消失した人間は、正確に言えば二人なんだ」

「言われてみれば確かに……」

すっかり忘れていたけれど、亜樹那さんは妊娠五ヵ月目という話だった。

「織原家の第三子は、母のお腹《なか》の中にいたせいで、運悪く消失に巻き込まれてしまった。この事実も頭の片隅《かたすみ》に置いておくべきだろう」


芹愛が自分と同じようにタイムリープしているかもしれない。

そんなこと、今日まで夢にも思っていなかった。

彼女を救うために、その未来に微《かす》かでも光を翳《かざ》すために、戦ってきたのに。

まさかこんなことになるなんて……。


「これから僕らは、織原家の姉妹を調べていく。その過程で、芹愛が自殺に至った動機を知ることも出来るかもしれない」

「だから三人目のタイムリーパーを探すことが最優先ってことね」

「そういうことだ。突き止めなければならない情報についても整理しておこう。一つ目は、三人目のタイムリーパーの正体。二つ目は、その人物がタイムリープに至るきっかけとなる出来事。最後に、タイムリープが発生する日時だ。タイムリープが発生する時期によって、事態は大きく異なってくる。仮に発生タイミングが十月十日よりも後だとすれば、それは前の周回で、僕らが織原芹愛と古賀将成を守れたということの論拠になる。僕らが今、思い描いている対策法で、十月十日をやり過ごせる可能性が高い」

「そいつの絶望が私たちより前なのか後なのかで、ミッションの難易度が大きく変わるってことか。私、楽な方が良いな」

雛美の思いには完全に同意するが、

「先輩は率直なところ、どっちだと予想しているんですか？」

「僕はもう一つの可能性を疑っている」

「もう一つの可能性？」


「三人目のタイムリープもまた、十月十日に発生する可能性だ」

険しい眼差《まなざ》しを浮かべたまま、先輩は慎重に言葉を続ける。

「織原芹愛と古賀将成の死は、わずか数時間の内に発生している。ずっと、それが不思議だった。偶然と呼ぶには二つの出来事が近過ぎる。それ故《ゆえ》に、僕は何らかの因果《いんが》関係を疑っていた。いや、疑っていたというより、因果関係で結びつけない限り、納得が出来ないと言った方が正しいのかもしれない」

「よく分かんない。もっと分かりやすく話して」

口をとがらせた雛美と同様、俺にも言わんとしていることがよく分からなかった。

「端的《たんてき》に言えば、古賀将成の死を止めたから、織原芹愛が死ぬことになった。そういう因果関係があったせいで、二つの死のタイミングが近かったということだ」

「でも、芹愛と古賀さんは赤の他人なはずですよね」

「その通り。二人はまったくの無関係だ。そのせいで論拠が薄弱なわけだが、それ以外の理由では、二人の死のタイミングが近いことを説明出来ない。そして、仮にこの推論が正しいとすれば、三人目のタイムリープも十月十日に発生するということになる」

「じゃあ、前回のタイムリープは……」

千歳先輩の鋭い瞳が俺と雛美を射抜く。

「織原芹愛と古賀将成の死を食い止めた結果、代わりに誰かが死んだということだ」

三人のタイムリーパーを『絶望』させる三つの死。

それらに因果関係があった場合、すべての絶望は十月十日に発生する可能性がある。

千歳先輩の最新の考察を聞き、俺と雛美は同様に困惑の渦中にいた。一つ、また一つと真実が明らかになる度《たび》に、蟻地獄《ありじごく》に吸い込まれていくような気分になる。

「百の考察を並べるより、三人目のタイムリーパーと思《おぼ》しき人物にコンタクトを取った方が、全容を推察しやすいだろう。僕はこの一連の現象を、五年前の時震《じしん》に端を発するものだと考えている。そして、織原亜樹那は北海道の出身で、八津代《やつしろ》町には家族以外の身内がいない。以上の前提で考えても、安奈と芹愛の姉妹が候補者の最右翼と言える」

「調べるとしたら芹愛が先だよね。どうするつもり？　芹愛と知り合いなのは綜士だけだし、全面的に任せてみる？　それとも、私が友達になってみようか？」

千歳先輩が俺を見据える。

「綜士。五周目の世界では、彼女と核心にまつわる話はしていなかったはずだな」

「はい。タイムリープなんて話、信じてもらえるわけがないですから」

「前回の周回までなら、それがしごく真っ当な判断だっただろう。だが、状況は大きく変わった。もしも彼女がタイムリーパーだったなら、我が身に発生した現象に戸惑い、恐怖を感じているに違いない。たった一人で立ち向かうには、理不尽な難題でもある。三人目のタイムリーパーもまた、相談出来る相手を欲しているはずだ」

「じゃあ、直接、タイムリープに言及して聞いた方が良いってことですか？　それ、やっぱり俺の仕事ですよね？」

「いや、三人で行こう。タイムリーパーは同じ運命に抗《あらが》う同志だ。三人目が誰であろうと、僕らはその人物と友になるべきだ」

もう一人のタイムリーパーと仲間になる。それが千歳《ちとせ》先輩の掲げた新たな方針だった。芹愛《せりあ》を救えるなら、どんなことでもやろうと思っていた。その命を守るためなら、取り返しがつかないほどに嫌われる覚悟だってあった。

しかし、先輩は仲間になるべきだと言った。

芹愛が三人目のタイムリーパーだと決まったわけじゃない。だけど、もしも彼女がそうだとしたら、確かに俺たちは同じ運命に抗う同志ということになる。嫌でも協力しないわけにはいかないだろう。共闘の果てに、友達になることだって出来るかもしれない。

周囲の人間にとって、織原亜樹那《おりはらあきな》は五年前に行方不明になった人物だ。しかし、三人目のタイムリーパーにとっては違う。その人物にとって亜樹那さんは、過去に戻された瞬間に、突然、消えた人間なのだ。その事実を指摘するだけで、通じ合えるはずだ。

4

亜樹那さんの消失に気付いてから、一週間が経《た》った九月十八日、金曜日。

放課後、部活動に出向く芹愛を、二年一組の前で待ち伏せする。

背が高い上に中性的な容姿をしている千歳先輩は、二回留年していることもあり、校内ではそれなりに有名な人物であるらしい。夏休み前の終業式で白稜祭《はくりょうさい》中止騒動を起こした雛美《ひなみ》にも、十分な知名度がある。

何処に接点があるのか分からない、見慣れない男女が三人で廊下に佇《たたず》んでいるからだろう。通り過ぎていく生徒たちが、俺たちに奇異の目を向けていた。

やがて、芹愛が教室から現れる。彼女は俺に気付いて、一瞬、顔をしかめたが、すぐに何事もなかったかのように通り過ぎていった。

「いって……」

横腹を雛美に肘《ひじ》で強く突かれた。

「何やってんの？　綜士《そうし》が声をかけなきゃ話が始まらないでしょ」

「分かってるけど……」

廊下の角を曲がり、あっという間に芹愛の姿が消えてしまう。

「追いかけないのか？　もう少し心の準備が必要だというのであれば、陸上部の活動が終わるまで待っても良いが」

何かを追及するために芹愛に話しかけるわけじゃない。困っているかもしれない彼女を助け、協力し合うために手を伸ばすのだ。

頭では分かっているのに、その未来は心から望むものなのに、いざ芹愛を目の前にすると、勇気が出なかった。視線が交錯しただけで、身体が固まってしまった。

「……すみません。今度はきちんと話しかけますので」

「謝る必要はない。君に思い詰めるだけの事情があることは察している。話しづらいのであれば、僕か雛美が切り込んでも構わない。どの入口をくぐろうが、目指すべきゴールは同じだ」

「いえ、俺がやります。やらせて下さい」

現実から逃げ続けるだけの人生は、もうまっぴらだ。

痛いくらいに思い知ってきたのだ。今日まで逃げ続けてきたからこそ、俺の人生はこんな風にどうしようもないことになっている。この最低な毎日を終わらせたいのなら、俺自身の手で、その扉を開かなければならない。


部活動が終わるのを待ってから、なけなしの勇気と共に、正門前で芹愛を待ち伏せた。

橙色《だいだいいろ》の空の下、再び俺たちを視界に捉《とら》えた芹愛が顔をしかめる。

向けられた忌避の眼差しに心が冷えたが、固まり続けるわけにはいかない。

拳《こぶし》を強く握り締めてから、俺たちを無視して歩き始めた芹愛に告げる。

「……あのさ、お前に話があるんだけど」

喉《のど》から飛び出した声が震えていた。

訝《いぶか》しむような眼差しで俺を見つめた後、芹愛は千歳先輩と雛美にも目を向けた。他人に関心のない芹愛でも、終業式で問題を起こした雛美のことは覚えているだろうか。

「お前さ、最近、身の回りで変なことが起きなかったか？」

彼女の表情は、ほとんど変わらなかった。思い当たる節があるからというより、何故、突然、俺なんかに話しかけられたのか分からない。そういう顔だった。

「……何の話？」

三人目のタイムリーパーは、八津代町で暮らす亜樹那さんの家族である可能性が高い。そんな論拠を元に、芹愛を第一候補者として考えたわけだけれど、見当違いという可能性も十分にある。確かめる方法はただ一つ、核心に踏み込むことだけだ。

「突然、亜樹那さんが消えたりしたってことはないか？　でも、周りの人間はそれに気付いていない、みたいな」

亜樹那さんの名前を出したにもかかわらず、芹愛の中途半端《ちゅうとはんぱ》な表情は変わらなかった。

それから、しばしの沈黙を経《へ》て。

「……そう言えば、亜樹那さんって何処にいったんだろう」

芹愛はそんな風に呟《つぶや》いた。

小首を傾《かし》げながら夕焼け空を見つめる芹愛の前に、千歳先輩が一歩を踏み出す。

「初めまして、織原芹愛さん。僕からも一つ、良いだろうか。君はたった今、綜士に質問されるまで、織原亜樹那のことを忘れていたのか？」

「……忘れていたと言われれば、忘れていたのかな」

「思い出して欲しい。織原亜樹那はいつ消えた？　彼女との最後の記憶はいつだ？」

「最後の記憶なんて言われても……。消えたのは五年くらい前だったと思うけど」

俺の母親の消失について、父親が語った事実と合致していた。

タイムリープに巻き込まれた人間は、五年前、恐らくは時震があった八津代祭の夜を基点として、人々の認識から消えてしまう。それが現時点での仮説だ。

亜樹那さんのことを覚えていない以上、芹愛は三人目のタイムリーパーでは有り得ない。こんな理不尽な現象に巻き込まれていなくて良かったとも思うし、同じ感情を共有出来なかったことに、微かな失望も覚えてしまう。

相も変わらず、俺という男の人間性は酷《ひど》いものだった。


「そう言えば、あの人って突然いなくなったんだよね」

不安そうな眼差しで芹愛が続ける。

「綜士、亜樹那さんが失踪《しっそう》した理由、何か知っているの？　……あれ。でも、どうして綜士が亜樹那さんのことを……」

「ちょっと色々あって。上手《うま》く説明出来ないんだけど」

芹愛がタイムリーパーではないとなると、残る有力候補は姉の安奈《あんな》さんだ。

「綜士が言ったように、僕らが織原亜樹那を探している理由は、今は説明出来ない。ただ僕らは本気で彼女を探している。そのために、君にも何か協力してもらえないかと考えていたんだ」

千歳先輩が進行方向の調整に入る。

「要領を得ない話しか出来ずに申し訳ないが、また君に何か質問する時がくるかもしれない。そうだ。連絡先を交換出来ないだろうか？」

「……別に構いませんけど」

芹愛は俺と雛美を一瞥《いちべつ》した後で、通学鞄《かばん》から携帯電話を取り出した。

あくまでも亜樹那さんを捜索するためだ。千歳先輩と連絡先を交換すれば事は足りるだろうし、俺なんかには連絡先を知られたくないに違いない。そんな卑屈なことも思ったのだけれど、芹愛は俺と雛美にも電話番号とメールアドレスを教えてくれた。

意外なほどにあっさりと芹愛との繋がりが生まれ、戸惑いを隠せなかった。

このまま、五年前の事件すらなかったかのように、ただの隣人に戻れたりはしないだろうか。そんな都合の良いことすら考えてしまう。

タイムリーパー以外の人間から引き出せる情報などない。

連絡先を交換しあった後で、芹愛とはすぐに別れることとなった。

「ちょっと意外だったかな。私、あの女がタイムリープしていると思ってたから」

「それは根拠があって言っているのか?」

「そりゃ、あるよ。こんなこと勘で言わない。だってさ、芹愛は綜士の……」

そこまで喋《しゃべ》ったところで、何かを思い出したかのように雛美は口を閉ざした。

「どうした? 織原芹愛が綜士の何だと言うんだ?」

「……いや、ごめん。やっぱり今の話は忘れて」

鈴鹿雛美《すずかひなみ》は時々、嘘をつく。

五周目の世界で千歳先輩はそれに気付いていたし、この周回でも妙な発言はあった。こいつは一体、俺たちに何を隠しているのだろう。

「あ、次は安奈だったっけ? 芹愛のお姉ちゃんを調べるんだよね?」

露骨に話題を変えた雛美を先輩は睨みつけたが、何処吹く風で彼女は続ける。

「どうする? もう、このまま向かっちゃう? 織原家って綜士の家の向かいなんでしょ。せっかくだから、ついでに綜士の部屋も見たいな」

「何で俺の部屋をお前に見せなきゃいけないんだよ」

「だって興味あるもん。それに、お母さんがいなくて、家は散らかり放題なんじゃない?

掃除を手伝ってあげても良いよ。親が消えることの大変さは、よく分かってるしね」

親切心で言っているのか、それともただの興味本位なのか。雛美の本心は分からないものの、指摘された通り、母の消えた我が家は散らかり放題だった。分別の仕方が分からないせいで捨てられないゴミが、わずか一週間の内にどんどん増えている。

今度こそ十月十日を乗り切ることが出来たとして、果たして、その後の世界でまともに生活していけるのか。正直なところ、まったく自信がなかった。消失した母親が帰ってこない限り、一人で生活なんて……。

「織原安奈を訪ねるのは、明日以降にした方が良い。この後、芹愛が父親のお見舞いに行くとは限らない。自宅で鉢合わせになる可能性もある。タイムリーパー以外に話を知られても、事態がややこしくなるだけだ。連絡先を交換出来たことで、十月十日の彼女の動きも制御しやすくなった。せっかく築いた友好関係は無駄にするべきじゃない」

千歳先輩の提案に従い、安奈さんへの確認は翌日の土曜日に行われることになった。

陸上部の練習に芹愛が出掛けたタイミングを見計らい、俺の自宅に待機していた先輩と雛美と共に、安奈さんを訪ねる。

玄関先で安奈さんへのヒアリングを行うまで、俺たちは十中八九、彼女がタイムリーパーであると考えていた。ほかに有力な候補者がいないからだ。

しかし、亜樹那さんの存在を問うと、

「……それって誰だっけ？」

不思議そうに安奈さんは首を傾げた。

「織原ってことは私の親戚《しんせき》だよね？」

「覚えていないんですか？　白鷹《しろたか》高校の教師をしていた人で、お父さんの……」

「……ああ。そう言えば、そんな人いたかも。亜樹那って名前だったんだっけ？」

これは、どういうことだろう。芹愛は亜樹那さんのことをはっきりと覚えていた。彼女が失踪したという認識も抱いていた。だが、安奈さんは……。

「ごめんね。私、もの覚えが悪くて、色んなことをすぐに忘れちゃうの」

安奈さんの哀《かな》しそうな顔に胸がつまる。

もしかしたら今、俺たちは意図せず、彼女を傷つけてしまったんだろうか。

安奈さんは高校に通っていなかったし、今も就職していない。何かしらの事情があるのだろうということは、容易に察せられていたけれど……。

「あ、でも綜士君のお陰で、ちょっと思い出せたかも。確かお父さんが付き合っていた人だよね。高校教師と付き合っているって聞いて、そんな人と何処で出会うんだろうって思った記憶がある」

この反応はもう間違いないだろう。

安奈さんもタイムリーパーではなかったのだ。

「どうしてそんな人のことを綜士君が気にしているの？」

さて、困ってしまった。何て返したら良いだろう。

「突然、押しかけて妙な質問をしてしまい、申し訳ありません」

言葉に窮《きゅう》した俺に気付き、助け船を出すように千歳先輩が隣に立つ。

「実は昔の卒業アルバムを調べていて、先生について気になることがあったんです。綜士君から話を聞いて、もしかしたら何か新しい情報が得られるかと思ったんですが」

「そっか。よく分からないけど、力になれなくてごめんね」

「いえ、こちらこそ不躾《ぶしつけ》な質問を謝罪致します。綜士、行こう」

これ以上、安奈さんと話しても得るものはない。そう判断したのだろう、千歳先輩に促《うなが》され、織原家を後にすることになった。


芹愛に続き、安奈さんとの対面も空振りに終わってしまった。

芹愛も安奈さんも亜樹那さんの実の娘ではない。芹愛と亜樹那さんの関係が上手くいっていないみたいな話も、昔、母親から聞いたことがある。二人が共にタイムリーパーではない可能性も十分に考えられたわけだが、いざその可能性が証明されてしまうと、途端にゆくべき道筋が消えてしまう。

あと十日もすれば、亜樹那さんの夫である泰輔《たいすけ》さんは癌《がん》で亡くなる。彼がタイムリーパーということはないだろう。残る候補は友人筋だが、肝心の亜樹那さんにまつわる記憶を周囲が失ってしまった今、彼女と親しかった人物を探すなんて不可能だった。

「率直に言って、苦しい状況に追い込まれたと言わざるを得ないな」

千歳先輩が疲れたような声で本音を漏らす。

三人目のタイムリーパーを見つけ出さなければ、俺たちが今後払う努力は、すべて徒労に終わりかねない。芹愛と古賀さんを何度救っても、もう一人のタイムリーパーが絶望に至った瞬間、この世界は巻き戻ってしまうからだ。

残されていた手掛かりは、ほとんど水泡《すいほう》に帰《き》している。

もう一人のタイムリーパーに辿り着くなんて、不可能に思えてしまう。


これが何周目の世界なのか、そんな確信さえ抱けないまま。

俺たちの戦いは、混迷の渦中に引きずり込まれようとしていた。

5

一週間が過ぎ、二週間が過ぎても、事態は一切の進展を見せていなかった。

記憶に違わず、泰輔《たいすけ》さんは九月三十日に亡くなったが、彼が死ぬ前に時震が発生するということはなかった。やはり彼はタイムリーパーではなかったのだ。

あと一週間もしない内に白稜祭の当日、俺と雛美《ひなみ》にとってのXデーがやってくる。

三人目のタイムリーパーを見つけられない以上、当面の目標は芹愛《せりあ》と古賀《こが》さんを守ることになるだろう。二人の死を食い止めた上で、最悪の場合、いつ発生するかも分からないタイムリープで、三人目の人物が自ら絶望を回避してくれるよう、ただ祈ることになる。

俺たちが入手している情報はただ一つ。織原亜樹那《おりはらあきな》がタイムリープに巻き込まれて消失したという一点のみである。三人目のタイムリーパーが亜樹那さんと密接な関係にあるのは間違いないが、現状、確認出来たのは、芹愛と安奈さんがタイムリーパーではなかったという事実だけだ。完全に手詰まり状態に陥ってしまったといって良い。

それでも、千歳《ちとせ》先輩は決して投げやりになったりはしなかった。

「三人目の人物に発生するタイムリープが、綜士と雛美よりも遅く発生するなら、僕らは問題なく織原芹愛と古賀将成を救えるはずだ。何故なら、以前の周回でも僕らは同じ手段を思いついていたはずで、それが成功したからこそ、最も遅くにタイムリープする人間が絶望に至ったからだ」

現在、先輩と俺が準備している手段は二つである。

一つ目は、時計部の部室の扉を改造し、内側からは開けられないようにした上で、当日、呼び出した芹愛を閉じ込めて見張ること。二つ目は、夜にライブを観に行く古賀さんの動向を、千歳先輩の友人に見張ってもらうことだ。

雛美に任せても古賀さんは守れるだろうが、先輩は念には念を入れることにしていた。

「なすべきことを確実にこなしながら、違和感を探すんだ。綜士、君は一度、織原亜樹那の消失に気付いている。その時と同じように、何か決定的な違和感を見つけるしかない」

三人目のタイムリーパーを見つけるためには、記憶している周回との差異に敏感であらねばならない。身近に潜んでいるだろうその人物の動きは、必ず何処かで以前の周回と異なってくるはずだからだ。

微細な違和感に気付くことだけが、この難題をクリアするための突破口となる。そのためにも、記憶している以前の一ヵ月を極力模倣しながら生活するよう、先輩から指示を受けていた。

白稜祭《はくりょうさい》の五日前にはスタッフ証の写真を提出するよう、実行委員に求められたし、勧告を無視した結果、学祭の前日に捕まり、三度、強制的に提出させられることになった。

細い記憶の糸を辿《たど》りながら、俺は五周目の生活を繰り返していく。

しかし、細心の注意を周囲に払っているのに、日々は何もかもが記憶と違わぬ形で通り過ぎていった。

依然として三人目の正体は分からないままだ。

このままでは、またしても失敗してしまうかもしれない。

刻一刻と過ぎていく時間に千歳先輩は焦っている。だが、対照的なまでに俺の心は別の関心事へと向いていた。

初めてオフィシャルな形で手に入れた、芹愛の携帯電話の番号とメールアドレス。それは、まるで開かずの扉を開く魔法の鍵《かぎ》のようだった。

妄執じみた想《おも》いに、我ながら情けなくなるけれど、俺は五周目の世界で知った芹愛の電話番号を完璧《かんぺき》に暗記していた。タイムリープの後で、彼女の番号を自分の携帯電話に登録してもいる。だが、それは今日まで決してかけることの出来ない番号だった。

芹愛から電話がかかってくることも、もちろんない。

たった一通のメールを送る理由さえ存在しない。

それでも、心は穏《おだ》やかに凪《な》ぐ。

彼女はどんな気持ちで、〝snow_dolphin〟なるメールアドレスを設定したのだろう。『雪のイルカ』という言葉が、どんな風に彼女に結びつくのか、俺には分からない。しかし、分からないなりに考えることは出来る。今の俺には、芹愛の選択について知り、考えることが許されているのだ。たったそれだけのことが、たまらなく嬉しかった。

織原家の二階、芹愛のものと思しき部屋の灯りが消えたタイミングで、『おやすみ』なんてメールを送ることも、今なら出来てしまう。もちろん、そんな気持ちの悪いことは絶対にしないけれど、重要なのは手が届く距離に芹愛がいるという事実だった。

ここは最低でも七周目以降の世界だ。

俺たちは何度も、何度も、同じ時間を繰り返している。

聞き飽きた授業、新鮮味のないニュースには、十分過ぎるほどに飽き飽きとさせられていたが、芹愛との繋がりが微かでも生まれているというだけで、これまでに経験したどんな一ヵ月よりも、幸福な一ヵ月だった。

今回こそはこれまでと異なる結末に辿り着ける。不思議とそんな気がしていた。

そして、白稜祭の前夜祭が行われたまさにその日の夜。

俺たちは予期せぬ角度から、新たなる真実を知ることになった。

6

「うん。完璧じゃない？　これなら絶対に芹愛《せりあ》は自殺出来ないよね」

部室の扉に取り付けられた錠の感触を確かめながら、満足そうに雛美《ひなみ》が告げる。

「綜士《そうし》が遅刻したせいで予定が狂っちゃったけど、まあ、完成したから許してやろう」

既に日は落ち、時刻は午後八時になろうとしていた。

「遅刻は仕方ないだろ。亜樹那《あきな》さんが消えたせいで、クラスの動きが変わったんだよ。まさか前夜祭の準備に連行されるとは思わなかった」

クラス担任が消失したことで、白稜祭における二年八組の立ち位置は、この周回から大きく変わっていた。催しを行わない代わりに、裏方の仕事に狩り出されていたのである。

放課後になったらすぐに部室の鍵を取り替えるつもりだったのに、材料を注文していた俺が自由に動けなくなったせいで、作業が大幅に遅れてしまったのだ。


時計部の部室はグラウンドに面する南棟の三階にある。部室の奥にある滑《すべ》り出し窓からは中庭しか見下ろせないものの、廊下に出ればグラウンドを一望出来る。

廊下の窓辺に腕をかけ、千歳《ちとせ》先輩は前夜祭に目を落としていた。

「先輩、混ざりたいの？　準備も終わったし行ってみる？」

「人が多い場所は苦手だ。それに、今は明日のこと以外、考えるつもりはない」

雛美の誘いをそっけなく断った後で、先輩は部室へと入っていった。

明日、隣県で開催される東日本陸上選手権に芹愛はエントリーされていたが、体調不良を理由に欠場する。そして、何故か夕刻、白新《はくしん》駅で回送電車の前に飛び込むのだ。

今回の周回でも芹愛が同じ行動を取るという保証はない。家族の消失が、この周回の芹愛に多大な影響を与えているはずだからだ。しかし、俺たちは最悪の時がくると想定して動かねばならない。

万が一の事態に備え、俺は明日、午前六時前から織原《おりはら》家を見張るつもりでいる。今日は早めに眠りたい。先に帰らせてもらおうと、鞄を取りに部室へ入ると、千歳先輩が怖い顔で壁の時計たちを見つめていた。そして……。

「綜士、時計に触ったか？」

「いえ、そんなことしていませんけど」

「では、雛美、時計の針をいじったのは君か？」

「何の話？　私も時計になんて触ってないよ」

「幾つか掛け時計の時刻が狂っているんだ」

先輩が指差した時計に目を向けると、確かに周囲の時計と大幅に時間がずれていた。

部室の掛け時計は、五年前の時震で発生した時間のずれを再現している。

四十六の時計の誤差は、すべてが一時間以内におさまっているはずなのに、先輩が指差した時計は五時間以上ずれていた。

「時刻が狂っている時計は五つだ。複数の時計で同時に電池トラブルが起きたとは考えられない。君たち以外に客人はいないし、何故、急にこんなことが……」

深刻な眼差しで千歳先輩は考え込んだが、

「犯人なら分かりますよ。雛美です」

「はあ？　ちょっと待ってよ。何で私が犯人なわけ？　時計なんて触ってないし」

「お前、先輩と喧嘩した腹いせだって言って、針をめちゃくちゃにしてただろ」

「マジでそんなことやってないんだけど。何月何日何時何分何秒に私がそんなことをしたってわけ？」

「えーと、あれ……。昨日……ではないよな……」


「五周目の記憶か？」

鋭い声で先輩に問われ、記憶のピースがはまる。

「あ……。すみません。多分、そうです。白稜祭の前日に雛美と先輩が大喧嘩になったことがあって、その後でこいつ、腹いせに時計の時刻をめちゃくちゃにしたんです」

「うわー。我ながらやりそうだわ、それ。でも、まあ、時効だよね。前の周回の記憶なんてないもん。責任は取らないよ。て言うか、悪いのは私を怒らせた先輩だしね」

清々《すがすが》しいまでの開き直りを雛美は見せたが、千歳先輩の表情は晴れない。

「今の話が真実だとすれば、五つの掛け時計は、五周目の影響を継続させているということか？　いや、それも違うな。昨日まで時計の針は正常な位置を示していたはずだ。時刻が狂っていることに、僕が一ヵ月も気付かないはずがない」

目の前の時計が時刻を狂わせただけ。起きている事象は、ただそれだけだ。千歳先輩は酷く動揺しているが……。

「時刻がずれているのは五つの時計だけなんですよね？　あの時、雛美が悪戯《いたずら》した時計の数は五つどころではなかったはずです。それこそほとんどの時計の針を、めちゃくちゃにしていました。だから、五つの時計しかずれていないのであれば、前の周回の影響を引き継いでいるということにはならないんじゃないでしょうか」

「しかし、雛美以外にこんな低俗な悪戯は出来ないはずだ」

「先輩、喧嘩売ってる？」

雛美を無視して、千歳先輩は切迫した眼差しで再び時計たちを見つめる。

「以前の周回の出来事を、この世界に復元出来る方法がある。仮にそれが事実だとしたら重大な問題だ」

「先輩、私の話を聞いてる？　つーか、何でそんなことが重大なのよ。訳が分からなくなるだけじゃん」

「気付かないのか？　過去の周回を復元出来るということは、つまり……」

薄《う》っすらと顔を紅潮させながら、先輩は俺たちを振り返る。

「消失した人間も取り戻すことが出来るのかもしれないということだぞ」

言われて初めて気付く。

俺たちの目的は芹愛と古賀《こが》さんの死を食い止めることだ。しかし、もう一つ、等価の願いがある。消失してしまった一騎《かずき》や母、雛美の家族を取り戻すことだ。

「問題は何故、この五つの時計だけが特別だったのかということだ。それが説明出来ない限り、机上の空論にすらならない。綜士、どんな些細《ささい》なことでも構わないから、何か思い出せないか？」

あの日、雛美が部室の時計に悪戯をしたのは、千歳先輩に嘘を責められたからだ。雛美は古賀さんを自らの恋人と称していたが、彼には別に恋人がいた。それを責められ、嘘つきは信用出来ないと弾劾《だんがい》されたことで、怒りを発露した。

「……あ、そうか」

「何か分かったのか？」

「どの時計をいじったかまでは覚えてないんですけど、あの日、雛美は俺のことを部室に呼び戻して、八つ当たりの共犯者にしたんです。やめろって注意したんですけど、無理やり俺の手を摑《つか》んで……。その時、針をずらした時計が五つくらいだったような」

「つまり、綜士が手を加えた時計にのみ復元が起こったということか？　二人ともタイムリーパーなのに何故だ？　綜士と雛美の違いは一体……」

「人間性？　それとも、人類としての格？」

雛美の軽口を無視し、千歳先輩は考え込む。

そして、しばしの沈黙を経てから……。

「分かったかもしれない。綜士は雛美の愚かな行動を覚えていたが、当の雛美は自らの愚行を記憶していない。二人の違いは、その干渉の後にタイムリープをしたかどうかだ。まだ弱過ぎる仮説だが、タイムリープに至った人間がその周回で取った行動は、それ以降の周回でも復元する可能性があるということなのかもしれない。ただし、ほかにも何らかの条件があるはずだ。そうでなければ、今日まで同様の事例に気付かなかったはずがない」

悔《くや》しそうな顔で先輩は続ける。

「十全な検証をするための時間がないのがもどかしいな。綜士、雛美、白稜祭の前日に、今日とは異なる行動を取った出来事があれば教えてくれ。君たちの行動が本当に世界に復元するのか確かめたいんだ」

「そんなこと言われても、私にとっては半年とか一年前の出来事だよ。白稜祭の当日ならともかく、前日のことなんて……」

「雛美の記憶に頼るのは酷か。綜士はどうだ？　どんな些細なことでも構わない」

「……ちょっと思いつきません。すみません。イレギュラーな事態が発生しないように、なるべく前の周回通りに生活していましたから」

「そうだったな。それを指示したのは僕だ。……いや、待ってくれ。綜士が模倣したのは五周目の記憶だ。四周目ならば違うんじゃないか？　その周回では、まだ海堂一騎《かいどうかずき》がいたはずだろう？　君は前日も親友と共に行動していたんじゃないのか？」

「確かに四周目の時は、今日とはまったく違う一日を過ごしていました。でも、前夜祭になんて興味もなかったし、さっさと帰っているから……。あ、でも……」

「何か思い出したのか？」

「白稜祭の写真撮影をするために、写真部にはスタッフ証が配られるんです。そこに顔写真が必要なんですが、面倒で俺たちは提出を忘れていました。そのせいで、今日、実行委員に捕まって無理やりプリントアウトさせられているんです。四周目の時は、俺が一騎の写真を撮って、一騎が俺の写真を撮りました」

「そのカメラは写真部の部室にあるのか？」

「はい。プリントアウトも室内の機材を使ってやっています」
「行くぞ。今すぐ確認しよう」

先頭に立って駆け出したにもかかわらず、文化棟の部室に辿り着いたのは、千歳先輩が最後だった。

部室に入るなり、両膝《りょうひざ》に手を置き、肩で息をし始める。

「運動不足にも程があるでしょ。何でこの程度の移動をしただけで息が切れてるわけ？　しかも先輩、走るのめちゃくちゃ遅いよね」

「うるさい。はあ、僕は運動が、はあ、嫌い、なんだ」

プリントアウト済みの写真を入れたファイルボックスを開く。

あの日、俺たちはそれぞれの顔写真をお互いに何枚か撮ってプリントアウトし、一番マシだった物を実行委員に提出した。先輩の仮説が正しければ、一騎が撮った写真は存在しないが、俺が撮った写真ならば……。

「……あった！　ありました！　これです！　これが一騎です！」

信じられなかった。ファイルボックスの中、山積みになった写真の一番上に、一騎の写真が三枚あった。

この世界では、海堂一騎は五年前に失踪したことになっている。この五年間の一騎の歩みを示す物は、一つ残らず消え去っている。しかし、目の前の写真に写っているのは、間違いなく今日という日を生きていた一騎だった。

「へー。こんな顔をしていたんだね。そう言えば、見たことあるかも」

一騎が写る写真を目の前に掲げ、千歳先輩がぐるりと部室を見回す。

「綜士、これはこの部室で撮られたものか？　背景は何処かの教室のように見えるが」

「あ、はい。それは家庭科室です」

「家庭科室？　何故、そんな場所で証明写真を撮ったんだ？」

「家庭科室は手芸部の展示で使われるんですけど、今年の手芸部には三年生しか所属していなかったんです。それで、例年通り、作品展示はするんですが、学祭の期間中は展示以上のことをしないらしくて。卒業アルバムに使う活動写真を、今日の昼間に撮られたんです。その時に俺も証明写真を家庭科室で撮られました」

口元に手を当てて、千歳先輩は考え込む。

「僕の記憶が正しければ、家庭科室は特別教室の集まる南棟にあったような気がするんだが、間違っているか？」

「正解ですよ。南棟の二階です。時計部の斜め下辺りですね」

「なるほど。少しずつ整理出来てきたかもしれない」

真剣な顔で先輩が俺と雛美を見つめる。

「タイムリーパーが取った行動のすべてが、この世界に復元するわけではないだろう。時間的制約なのか、場所的制約なのか、何かしらの条件は存在するはずだ。以前の周回の復元として、確かめられた事例は二つ。部室で綜士が触った時計の針と、家庭科室で綜士が撮影した写真だ。君たち二人が多くの時間を過ごす自分の教室で、今日まで復元の事例が確認出来ていないことを考慮するなら、南棟という場所に何らかの意味があるのかもしれない。もちろん、それすらもただの偶然という可能性だってあるが……」

たった二つの事例では、完璧な仮説を立てることが出来ない。

「少なくとも一つの事実は証明されたな。僕らが生きるこの周回の出来事を、タイムリープ以降の世界に復元させることは可能だということだ。それを踏まえて、綜士、雛美、手遅れになる前に言っておきたい」

千歳先輩の真剣な眼差しが俺たちを射抜く。

「僕らは明日、全力で織原芹愛《おりはらせりあ》と古賀将成《こがしょうせい》を守る。だが、すべてが計画通りに進むという保証はない。君たちの身に再び、タイムリープが発生するということも有り得るだろう。そうなってしまった場合に備え、先に頼んでおく。今晩中にこれまでの記憶をすべて、ノートに記録しておくんだ」

「え、何で？　だってタイムリープした人間の行動しか復元されないんでしょ？　そいつが前の周回の記憶を持っているんだから、別に必要なくない？」

「最悪の場合を想定しての話だ。一つの事実として、既に何度もこの世界は繰り返している。今回も、次回も、失敗しないとは言い切れない。三人目のタイムリーパーの正体が分からない以上、その人物に予期せぬ形で邪魔されてしまうということだって有り得る」

ずっと、俺はもう一人のタイムリーパーのことを同志だと考えていた。しかし、千歳先輩はその人物と相反することになる未来も考慮しているようだった。

「僕らは今、とてつもなく大きなルールに気付いた。想定したくもないが、雛美か綜士がタイムリープに至れば、この知識は次回の周回に持ち越せるだろう。けれど、問題はその後だ。同じ時間を繰り返せば繰り返すほど、記憶は混濁し、あやふやになっていく。それでも、ノートへの記述が復元すれば、確実に正確な記憶を回収することが出来る」

もう一度この世界を繰り返すということは、再び芹愛が死ぬということだ。そんなことは考えたくもない。しかし、実際に俺たちは何度も失敗している。

もう二度とタイムリープは起こらない。そんな断言は出来ない。先輩が言うように、何が起こっても良いように準備をしておかなければならないのだろう。


そして、再び。

運命の十月十日がやってきた。

第十話

この雨さえ痛くもないなら

1

十月十日、Xデーとなる白稜祭《はくりょうさい》の初日。

俺の一日は、道路を挟んで向かいに建つ、織原《おりはら》家を見張ることから始まった。

カーテン越しに午前六時前から見張っているものの、芹愛《せりあ》が外出する気配はない。やはり本日の東日本陸上選手権は欠場するのだろう。

恐らく午後になるまで、織原家に変化はないはずだ。そんなことを想《おも》いながら、ぼんやりと眺《なが》めていると、午前八時過ぎに予期せぬ事態が発生する。何でも昨晩、調子の悪かったお風呂《ふろ》が壊れてしまったらしく、安奈《あんな》さんがバスヒーターを借りにきたのだ。

突然の来訪には驚かされたが、以降の織原家には特筆すべき変化が見られなかった。

午後二時半を回った頃、制服姿の芹愛が姿を現し、ようやく事態が動き出す。

そして、開始した尾行にて、言葉を失う光景を目にすることになる。俺が安奈さんに渡したバスヒーターを、芹愛が川縁《かわべり》の草むらに投げ捨てたのだ。

芹愛はルールを身勝手に破るような女ではない。きっと、俺から貸してもらった機械を使うことに対し、拭《ぬぐ》い切れない嫌悪感があったのだろう。違法投棄の動機は、それくらいしか思いつけない。

えぐられるように痛む胸を抑えながら、その後の尾行を続けることになった。


本日は白稜祭の初日だ。

自殺を考えている人間が、学園祭を楽しもうとするとも思えないが、制服を着ているわけだから、芹愛はこのまま高校へと向かうのだろう。

頃合いを見て時計部に芹愛を呼び出し、そこに閉じ込める。それだけのことで芹愛が自殺を図ることは不可能になるはずだ。

この方法で芹愛の死は食い止められる。そう、考えていたのに……。


『すまない。芹愛を見失った。一度、僕も部室へと戻る』

白鷹《しろたか》高校についた後で、予期せぬメールが千歳《ちとせ》先輩から届いた。

芹愛がその気になれば、体力のない千歳先輩など簡単に振り切れるだろう。予想され得る事態ではあったものの、およそ先輩らしくない失態だった。

「……申し訳ない。文化棟までは追跡したんだが、角を曲がる時のタイムラグを利用されてしまった」

「先輩、とろいからなー。尾行に気付かれちゃったんでしょ？」

今日も雛美《ひなみ》は、断りもせずに千歳先輩のチョコレートを口にしていた。

「それが、よく分からないんだ。僕の動きが鈍《にぶ》いことは否定しない。ただ、彼女は一度も後ろを振り返っていない。こちらに気付いたような素振りもなかった」

「芹愛は尾行に敏感なのかもね。だって、ほら、あの子、ずっとストーカー被害に遭っていたじゃん。写真部の根暗な……あ、ごめん。本人がこの場にいたことを忘れてた」

わざとらしく両手で口を押さえ、雛美は俺を見つめる。

腹立たしいことこの上なかったが、事実なだけに言い返せない。

「駅ナカのショーウィンドウとか、車の窓ガラスとか、何かに映った影で気付いたのかもしれませんね」

「考えられる可能性はそんなところか。いずれにせよ、顔が割れている状態での尾行は迂《う》闊《かつ》だったな」

「てかさ、問題は先輩の体力が無さ過ぎなことじゃないの？　角を曲がったら見失いましたって、よぼよぼのお祖父《じい》ちゃんじゃん。チョコレートばかり食べているから、体力がゴミなんだよ。もっと野菜とか肉も食べて、普段から身体を動かした方が良いと思うな」

「返す言葉もない」

「じゃあ、仕方ないから、とりあえず部室のチョコレートは、私が全部処理してあげる。代わりに、きゅうりでも買ってくるから、先輩は毎日それを食べなさい」

「きゅうりは全体の九割以上が水分で、極めて栄養価が低いと聞いたことがあるが……」

「シャラップ。尾行も出来ない貧弱もやし男は、黙って私の言うことを聞くべき」

相変わらず、言いたい放題だった。

「でも、芹愛の連絡先も分かっていますし、捕捉《ほそく》するのは難しい話じゃないと思います」

「それだけが救いだな。すまない。綜士《そうし》、織原芹愛に連絡を取ってくれ。もうすぐ四時になる。悠長にしている暇はない」

連絡先を交換して以来、どれくらいの時間を、彼女の番号とアドレスを眺めることに費やしてきただろう。何度も何度もメールを送ろうとしては断念している。

ようやく、彼女に連絡を取れる日がきたのだ。

ともすれば震えてしまいそうになる手で、芹愛へと繋《つな》がる番号を押すと……。

『おかけになった番号は現在電源が入っていないか、電波が届かない場所にあります』

聞こえてきた音声は、俺たちの安易な考えを嘲笑《あざわら》うものだった。

「……携帯の電源を切っているみたいです」

千歳先輩の顔が歪《ゆが》む。

「やはり、見失ったのではなく、振り切られてしまったということなのかもしれないな。尾行に気付いて、彼女は意図的に僕を撒《ま》いたんだ。しかし、何故《なぜ》……」

「だから二人目のストーカーだと思ったんじゃないの？　男に後をつけられるって、女子からしたら結構、恐怖だもん」

わざとらしいアルカイックスマイルを浮かべて、雛美が俺を見つめる。

「誰もが非現実的な過大評価を自己に抱いているわけじゃない。織原芹愛の中に雛美と同質の肥大化した自意識があるとは思えないが……」

「先輩。どさくさに紛《まぎ》れて私のこと馬鹿《ばか》にしたよね？　今、絶対、馬鹿にしたよね？」

「君がろくな考察もせずに戯言《たわごと》ばかりを述べるからだ」

「私だってちゃんと考えてるわよ」

不満そうに口をとがらせて、雛美は両手を腰に当てる。

「ねえ、芹愛ってさ、本当にタイムリープしていないのかな？」

「対面した時の反応を見る限りそのはずだ。何故、今更そんな話を蒸し返す？」

「芹愛がタイムリーパーなら、一つ前の周回の記憶が残っているってことでしょ？　その時にも閉じ込められていたとしたら、警戒していても不思議じゃないじゃん」

「いや、その可能性は考えにくいだろう」

雛美にしてはまともな推理だと思ったが、あっさりと千歳先輩に否定される。

「最初のタイムリープの後で味わった感情を思い出してみてくれ。突然、過去に戻され、親しい人間が消え、周囲の人間はそれにまったく気付いていないんだ。意味が分からず、恐怖を感じたはずだ。その上で、もしも同じ境遇の人間が現れたらどうする？」

「……まあ、仮に嫌いな奴《やつ》が相手でも、相談したいって思うでしょうね」

「少なくとも自分の置かれている状況を隠したりはしないはずだ。知りたいことは山ほどあるはずだからな。しかし、芹愛は織原《おりはら》亜樹那《あきな》の消失について、さしたる反応を見せなかった。それこそが彼女がタイムリーパーではないことの証拠だ」

「まあ、そういうことになるのか」

千歳先輩が俺に向き直る。

「綜士、五周目の世界でも、芹愛は電話に出なかったはずだな。その時も電源が入っていなかったのか？」

一ヵ月前に経験した、今日という日の記憶にアクセスする。

「……いえ、違うと思います。呼び出し音は鳴っていたはずです」

「つまり、五周目の記憶とも違う展開になっているということか」

険《けわ》しい眼差《まなざ》しのまま、先輩は顎《あご》の辺りに手を当てた。

「現状を推理するための情報が少な過ぎるな。芹愛の自殺予定時刻が迫っている以上、最悪の事態を想定して動くべきだろう。君たち二人は白新《はくしん》駅に向かってくれ。綜士、彼女が自殺を図ったホームは覚えているな?」

「はい。直前まで座っていたベンチも記憶しています」

「綜士はそのベンチを、雛美は駅の入口を見張ってくれ。彼女の運動神経を考慮に入れて、出来るだけ危険から遠ざけた場所で捕まえたい」

「先輩はどうするの?」

「芹愛が所属する二年一組の催しを確認してくる。クラスメイトたちに彼女を見かけなかったか聞いてみたい」

五周目の世界で芹愛が死んだのは午後五時台だ。その時は確実に迫りつつある。

一刻も早く、芹愛の行方を知る必要があった。

2

千歳《ちとせ》先輩からの新たなる指示を受け、雛美《ひなみ》と共に白新駅へと舞い戻る。

しかし、芹愛《せりあ》の残り香すら見つけることが出来なかった。

五周目の記憶では、午後五時半頃に、芹愛がこのホームから回送電車の前に飛び込んでいる。あの日の悪夢がフラッシュバックし、回送電車が通り過ぎていく度《たび》に、足が震えてしまった。しかし、悲劇が再現されることはなく、時間だけが経過していく。

亜樹那《あきな》さんが消失したことで、確実に世界が変わり始めているのだ。


午後六時になっても、七時になっても、芹愛は駅に姿を見せなかった。

芹愛が自殺するタイミングが変わってしまっただけかもしれない。そんな可能性が頭から離れないせいで、俺はもう三時間以上、ホームから動けないでいる。

駅の入口で見張る雛美も、校内で彼女を探し回る千歳先輩も、同様に手掛かりを見つけられていない。

既に日は暮れている。夜行祭に参加しない生徒は、大部分が帰った後だ。

東日本陸上選手権という大きな大会を体調不良で休んだくせに、芹愛は本日の夜行祭に参加するつもりなのだろうか。

『綜士《そうし》と雛美が同時に見逃してしまった可能性。別の交通手段を使われた可能性。二つの可能性を潰《つぶ》しておきたい。念《ねん》の為《ため》、織原《おりはら》家に電話をして、彼女が帰宅していないか確認してくれ』

午後七時半、千歳先輩よりそんなメールを受信した。

芹愛は一年を通じて電車通学をしている。俺はずっとホームで見張っていたし、見逃したなんてことはないはずだ。案の定、通話に応じたのは姉の安奈《あんな》さんだった。

『あれ、綜士君？ こんばんは。今朝はバスピーターをありがとう。早速、今夜から使わせてもらうね』

彼女の話を聞き、嫌な記憶が蘇《よみがえ》った。

日中、芹愛は登校する際、河川敷沿いの草むらにバスピーターを投棄している。動機として、俺への悪意めいた感情を穿《うが》ってしまうのは、卑屈になり過ぎているが故《ゆえ》だろうか。

「……壊れてないと良いんですけど」

『うん。大丈夫だよ、きっと』

携帯電話から聞こえてくる安奈さんの声は、屈託のないものだ。まさか数時間前に妹がそのバスピーターを捨てただなんて夢にも思っていないのだろう。

『電話の相手は芹愛？』

「あ、はい。少し確認したいことがあって」

『ごめんね。あの子、本当は今日、大会があったのに、体調が悪いって言って休んだの。それなのに出掛けちゃったみたいで。部屋に制服がなかったから、多分、学校に行ったんだと思うけど……。今日って学園祭だったんだよね？』

「はい。今日と明日の二日間です」

『そっか。じゃあ、芹愛が帰ってきたら、連絡するように言っておくね』

「あ、いえ、大丈夫です。そんなに重要な話でもないので、明日もあいつが学校に来るようなら、そこで話します」

『それで大丈夫なの？』

「はい。だから、出来れば俺から電話があったことは秘密にしておいてもらえると……」

『よく分からないけど、じゃあ、黙っておくね』

冷静になって考えてみれば、芹愛に電話をかけたことを隠す意味なんてない。それでも、俺の唇《くちびる》は無意識の内に、そんな風に動いていた。


やはり芹愛は帰宅していなかった。

大会を休んだくせに、夜行祭に参加するつもりなのだろうか。

まだタイムリープを経験する前、四周目の世界では俺も一騎《かずき》と共に、初日の夜行祭に参加している。委託の外部カメラマンにトラブルがあったとかで、夜行祭の様子を写真に収めるよう、実行委員に強制されたのだ。

記憶に残るあの日の風景に芹愛はいない。

しかし、今、この世界はあの日の記憶とは異なる道筋を歩んでいる。

多分、芹愛は今、白鷹高校にいるはずだ。

今すぐにでも探しに行きたかったが、ここを離れるのも怖い。向かうべき場所にも、選ぶべき選択肢にも自信を持てないまま、恐怖だけが加速していく。


午後八時、事態に何の変化もないまま、夜行祭開催の時刻がやってきた。

夜行祭は二時間、午後十時までグラウンドをメイン会場として行われる。その後、実行委員などの中には、武道場で宿泊する者もいるらしい。

芹愛が学校に残っている目的は想像もつかない。だが、体調を崩しているわけだから、学校に宿泊するなんてことはないはずだ。遅かれ早かれ、駅のホームで待ち続ければ芹愛とは会えるだろう。


寂寞《せきばく》に身を寄せていた午後九時前、不意に事態が動く。

携帯電話が着信を告げ、表示された名前を見て、心臓の鼓動が一気に速くなった。

ディスプレイに『織原芹愛』の名前が表示されていたのだ。

芹愛の携帯電話には留守番電話のサービスが設定されていなかった。俺はメッセージを残していないし、安奈さんにも電話のことは伝えないよう頼んである。

この電話は芹愛から自主的に発せられたものである可能性が高い。

一度、唾《つば》を飲み込んでから、通話開始のためのボタンを押す。

『もしもし。芹愛だけど、綜士？』

そのハスキーな声が鼓膜に届いただけで、身体が芯《しん》から熱くなる。

芹愛は生きていた。何処《どこ》か別の場所で命を絶っていたりなんてしなかった。

『ねえ、聞こえてる？』

「……悪い。聞こえてる。突然、電話がかかってきたから、びっくりした」

『綜士、今って何処にいる？』

「白新駅だけど」

『帰るところだったたってこと？』

「……そんな感じかな」

『そんな感じって何？ 話したいことがあるんだけど、学校に戻って来れない？』

「話したいこと？ 俺に？ 何？」

『電話じゃ言えない。戻って来れる？』

一体何だろう。芹愛と喋《しゃべ》れているという事実だけで、天にも昇るような気持ちだったが、要領を得ない話には不安も覚えてしまう。

「それって家に帰ってからじゃ、まずいことなのか？」

『今すぐ話したいことだから』

「分かった。じゃあ戻るよ。何処に行けば良い？　お前、夜行祭に参加しているのか？」

『してない。そういうのには興味ないから。時計部の部室に来てもらえる？』

……時計部に？　何故？

今日という日が計画通りに進んでいれば、俺たちは今頃、芹愛を部室に閉じ込めていたはずだ。しかし、尾行に気付かれたからなのか、千歳先輩が見失ってしまい、その後は連絡もつかず、すべての計画はご破算になっていた。

それなのに、何故、今……。

「俺、時計部のことって、お前に話したことあったっけ？」

『前に一緒にいた先輩が時計部の人でしょ？　入り浸っているんじゃないの？』

答えになっているような、なっていないような、そんな回答だった。

『ねえ、急ぐんだけど、結局、来てくれるの？』

「……分かった。これから向かうよ。白新駅にいるから十五分くらいかかると思う。それでも良いか？」

『大丈夫。南棟の三階だったよね。じゃあ、部室の前で待ってるから』

一体、何が始まろうとしているのだろう。

急いで俺に伝えなきゃならないこと。直接会わなきゃ話せないこと。

そんなこと、果たして芹愛に何かあるだろうか。正直、想像もつかない。

激しく脈打つ心臓を抑えながら、俺は再び、白鷹高校に向かうことになった。

3

駅の入口で見張っていた雛美《ひなみ》と合流し、千歳《ちとせ》先輩に電話をかける。

それから、早足に高校へと向かい、十分後には昇降口で先輩と落ち合っていた。

「芹愛《せりあ》は君に一人で来るように言っていたか？」

「いえ、そういうことは指示されていません。急いでいるとは言ってましたけど」

「分からないのは何故、落ち合う場所として時計部を指定してきたのかだな。綜士《そうし》を呼び出したいのなら、写真部の部室の方が自然だ。ただ、状況から推察するに、現在の彼女が自殺を考えていないことは間違いないだろう。どうする？　綜士が一人で向かいたいなら、僕らは近くで待機していようと思うが」

亜樹那《あきな》さんが消失したことで、図らずも未来が変わったということだろうか。

芹愛が自殺しなかったことは嬉《うれ》しい。だが、予想外の事態が続いているせいで、安堵《あんど》に達するには確信がまるで足りなかった。

「……情けない話ですけど、出来れば一緒に来て欲しいです」

「分かった。君が望むならそうしよう」

「じゃあ、芹愛が何か変なことを言ってきたら、私が言い返してあげるよ」

「君が喋ると話がややこしくなる。頼むから自重を覚えてくれ」

雛美の記憶では、古賀《こが》さんは夜行祭の最中に亡くなるはずだ。彼のことだって気になるだろうに、どうやら最後まで俺に付き合うつもりらしい。

千歳先輩は本日の古賀さんの動向を、友人に見張らせている。十分おきに連絡をもらっているという話だし、先輩に焦りが見えないということは、古賀さんは今もライブ会場にいるということなのだろう。


部室の前で待っている。芹愛はそう言っていたのに、

「誰もいないじゃん。本当に待ち合わせ場所ってここだったの？」

辿《たど》り着いた南棟の三階には、彼女の姿がなかった。

芹愛からの着信があったのは今から十六分前である。ほぼ約束通りに辿り着いたわけだが、部室にも、廊下にも、人影は見当たらなかった。

窓の下では、キャンプファイヤーの準備が始まっている。

芹愛は夜行祭になんて興味がないと言っていた。でも、だとしたら、こんな時間まで学校で何をやっていたんだろう。あいつには友達が一人もいない。誰かと一緒に過ごしていたなんてこともないはずだ。

「綜士、ごめん。私、ちょっと行かなきゃならなくなった」

眼下の人混みに芹愛の姿を探していたら、携帯電話を手にした雛美から声がかかった。

「行かなきゃならないって、こんな時間に何処に行くんだよ」

「何て言うか、古賀さんからメールが届いたって言うか」

「古賀さんから？　大丈夫なのか？」

気まずそうな顔で雛美は曖昧《あいまい》に頷《うなず》く。

「タクシーでここに向かっているみたい。だから玄関まで迎えに行こうと思って」

「そっか。分かった。こっちは大丈夫だから早く行ってくれ」

「突然、ごめんんね。最後まで付き合いたかったんだけど」

後ろ髪を引かれるような表情で、雛美が階段に向かって歩き出し、

「待て。本当に古賀将成《こがしょうせい》がここに向かっているのか？」

千歳先輩の低い声が、その歩みを止めさせた。

「逆に聞くけど、それ以外の理由で、この場を離れると思う？」

「ああ。僕はそう考えている。受信したメールを確認させてくれ」

「はあ？　何で他人にメールを見せなきゃならないのよ」

「雛美。君は今、また僕らに嘘《うそ》をついたんじゃないのか？」

「意味が分かんない。そもそも別に一回も嘘なんてついてないし」

「五周目の世界で、君は僕らに対し、古賀将成が恋人であると偽ったはずだ」

「覚えてないことを責められても答えようがないっつーの。そもそも先輩だって五周目の記憶なんてないでしょ。嘘をついたのは綜士かもしれないじゃん」

「綜士に嘘をつく理由はない」

「私にもないわよ」

千歳先輩の追及に対し、雛美も一歩も引かない。

「大体、私が嘘をついているって決めつけがむかつくんだけど。何の証拠があってそんなことを言ってるわけ？」

「それは君の携帯電話を確認すれば分かることだ」

「だから見せないっつーの。ねえ、綜士も何か言い返してよ」

千歳先輩は根拠もなく人を責めるような人間ではない。俺が口を開くより早く、

「では、はっきりと言わせてもらおう。僕は初めから君のことを信用していなかった。綜士に五周目の話を聞いた時から、君がすべての嘘を白状しない限り、絶対に信頼しないと決めて付き合ってきた。だから、今日も保険を用意していた」

千歳先輩は自らの携帯電話を取り出す。

「友人に古賀将成の動きを監視させていたんだ」

「はあ？　先輩、友達なんていないでしょ」

「悪いが君の軽口に付き合うつもりはない。三分前に届いた彼の最新情報を教えよう。彼はライブ後、長く伸びた物販の列に並び始めたそうだ。実際に購入するまで数十分はかかるだろうという話だ」

雛美の表情がみるみる曇っていく。

「もう一度、聞くぞ。メールの送り主は誰だ？　君は何処に向かおうとしている？」

「……最低ね」

数十秒にわたり千歳先輩を睨《にら》みつけてから、雛美はそう告げた。

「そうだな。仲間に嘘をつき続けるなんて最低だ」

「そんな風に人を疑って恥ずかしいと思わないの？」

「開き直るつもりか？　それは君の人間性を証明することになるぞ」

「はあ？　何で私の人間性が責められてるわけ。悪いのはそっちでしょ」

前の周回でもこんなことはあった。古賀さんが恋人ではないと発覚した後も、雛美は最後まで認めようとせず、先輩と真正面からぶつかりあっていた。

「雛美、僕は君が何らかの嘘をついていると確信している。しかし、先に断っておくが、君が嘘をついたことを責めるつもりはない。何故なら、大抵の嘘つきには、そうせざるを得なかった理由があるからだ。僕は君が嘘をついた理由を理解したい」

五周目の世界でも、千歳先輩は嘘をついた雛美に対して手を差し伸べていた。

周回が変わろうと、本質的な善良さに変化など生じない。

「綜士に協力したい。織原芹愛《おりはらせりあ》の死を止めたい。僕らは共に、本気でそう考えているはずだ。だが、実際には五周目の世界でも、六周目の世界でも、このループを抜け出すことに失敗している。しかも失敗したのが二回だけというのも、希望的観測に過ぎないんだ。第三のタイムリーパーが絶望に至る周回でだって、失敗を繰り返している可能性がある。雛美、君が真実を話してくれない限り、いつまでもこの悪夢のループから抜け出せないかもしれないんだ。君だってそんなことは望んでいないだろう？」

「……でも、私は嘘なんてついていない」

「この期に及んでも、まだそんなことを言い張るのか？」

千歳先輩の顔が苛立《いらだ》ちに歪む。

「君には黙っていたが、僕らは知っているんだ。古賀将成はTHE LIME GARDEN《ザライムガーデン》ファンクラブに入っていた。本日のライブチケットを入手したのは彼自身だ」

雛美の顔に明確な動揺が走る。

「……違う。そんなことない。本当に古賀さんは前の周回で、チケットを入手出来ていなかったんだもん。だから私もファンクラブに入って……」

「想定通りの回答をありがとう。五周目の世界でも、君は同じ言い訳をしたそうだ」

「信じてよ。本当に三周目までの世界はそうだったの。嘘だって言うなら証拠を……」

「では、お望み通り論拠を提示しよう。一ヵ月前、初めて会った日に君はこう言った」

『古賀さんの好きなバンドが、同じ日にうちの県にライブに来るんだよね。そのチケットを取ってプレゼントしたの。て言うか、今回ももう渡してる』

「君は知らなかったようだが、ファンクラブの会員にチケットが発送されるのは、ライブの二週間前だ。一ヵ月前の時点で入手出来ているのは、当選の知らせだけなんだよ。あの時点で、君が彼にチケットをプレゼントするのは不可能だ。残念ながら君の話は矛盾ばかりだと言わざるを得ない。夜行祭が催されている間に、彼がここへ辿り着くこともないだろう。古賀将成が時計塔から落ちて死ぬなんて話は、恐らく君の創作だ」

「そんなこと……」

「分かっていないようだから忠告しておくぞ。君がついたのは小さな嘘かもしれない。それでも、たった一つの嘘で、すべてが信用出来なくなるんだ。僕が疑っているのは死因だけじゃない。彼が死ぬのは本当に今日の夜なのか。そもそも死ぬのは古賀将成なのか。何もかもに疑いの目が向いてしまう。いや、それだけじゃない。もっと根本もだ」

千歳先輩の憂《うれ》いを帯びた眼差しが彼女に突き刺さる。

「鈴鹿雛美《すずかひなみ》、君は本当にタイムリーパーなのか？」

あまりと言えばあまりの疑念だと思った。

そこにまで疑いを向けたら、もう本当に何処から考えれば良いかも分からなくなる。

「ふざけないで！　私がタイムリープをしていないって言うの？　そんなに言うなら、鈴鹿家を見て来なさいよ！　お父さんも、お母さんも、弟も消えてるから！　私がどれだけ苦しみながら生きてきたと思って……」

「嘘をつくというのは、そういうことだ！」

雛美の激昂《げきこう》を、先輩は一言で切って捨てる。

「君がタイムリーパーであることを信じていないわけがないだろう？　だが、そんな核心すらも揺らぐんだ。信頼を失うというのは、そういうことだ。雛美、お願いだから、すべてを正直に話してくれ。君がどんな隠し事をしていても、どんな嘘をついていても、僕は理解してみせる」

「……私は嘘なんてついていない！　本当に彼は時計塔から落ちて死ぬの！」

「彼はここには来ない。移動時間を考えても、そんな話は信じられない」

「そんなこと言われても分からない！　どうして時計塔から落ちたのかなんて、私の方が知りたいわよ。でも、分からないんだから、しょうがないでしょ！」

「……先輩。もしかしたら本当なんじゃないですか？　俺、こいつが嘘をついているようにはとても……」

雛美は今にも泣きそうな顔で叫んでいた。

単純な俺は雛美を信じそうになっていたけれど……。

「百歩譲って時計塔からの落下が真実だとしても、雛美が嘘をついているのは間違いない。彼女の携帯電話に『今から白鷹高校に向かう』なんてメールが届くはずないからだ。君は誰から、どんなメッセージを受け取ったんだ？」

……そうだ。そもそも先輩の追及は、そこから始まったのだ。

最初の疑念が晴れない限り、先輩が雛美を信用することは……。

「ちょっと、何すんのよ！」

気付けば、俺は雛美の手首を掴《つか》んでいた。

反射的に振りほどかれそうになった手に、さらなる力を入れる。

「俺も、先輩も、お前のことを信じたいんだ。頼むよ。携帯電話を確認させてくれ。お前がどんな嘘をついていても、きちんと理解したいって思ってるから」

「放してってば！」

「どうして、そうやって拒絶ばかりするんだ！　ちょっとは俺たちのことも……」

「だから放してって言ってるでしょ！　大体、信じたいって言いながら、綜士だって隠し事をしているじゃない」

「俺が何を隠しているって……」

「芹愛に嫌われている理由。そんなにも卑屈《ひくつ》になっている理由」

言い返せない指摘を受け、言葉に詰まる。

「過去に芹愛と何があったの？　どうして、それを私たちに話してくれないの？　自分だって隠し事をしているくせに、私にだけ正直になれとか、そんなの都合が良いって思わないの？　私にばかり正義を押しつけないで！」

絶叫と共に、雛美が全力で俺の手を振り払う。

そして、次の瞬間。

大きく腕を振った勢いで、彼女のポケットから何かが飛び出した。

窓から差し込む光を反射しながら、鈍い音を立てて廊下に転がったそれは、直径五センチほどの丸い金属だった。

「どうして、お前がこれを……」

目の前で起きた事象の意味が分からなかった。

何故、今、こんな物が足下に転がったのだろう。雛美のポケットから零《こぼ》れ落ちたのは、家を出て行った父親にもらった、ウォルサムアンティークの懐中時計だった。

五年前の時震の日に失《な》くしてしまったこの時計を、どうして雛美が……。

懐中時計を拾い、裏面を確認する。

記憶に違わず『SOUSHI KIJOU』の名前が刻印されていた。

間違いない。俺が五年前に失くした懐中時計だ。

「雛美、お前、これを何処で……」

その問いを最後まで述べるより早く、弾《はじ》かれるように雛美は走り出していた。

言い訳を探せずに逃げ出した子どものように、あっという間にその姿が見えなくなる。

「綜士、どういうことだ?」

「これ、俺が五年前に失くした懐中時計なんです」

「五年前？」

「あの時震があった日です。多分、この学校に忍び込んだ時に……」

懐中時計の蓋《ふた》を開けると、壊れてしまっているのか、既に針は動いていなかった。

「これも雛美の隠し事だったんですかね？」

「君から盗んだわけでもあるまいし、隠す意味もないと思うが……」

突然の出来事に、俺も先輩も戸惑いを隠せずにいた。それでも、ただ茫然《ぼうぜん》と立ち尽くしているわけにもいかない。この場所への呼び出しを受けてから、もう三十分以上が過ぎている。何故、芹愛は現れないんだろう。

「綜士、時間が惜しいから手短に言うぞ。織原芹愛が電話で君をここに呼び出したと聞いてから、ずっと考えていたことがある。僕のことを調べれば時計部には辿り着くだろう。しかし、君がここに入り浸っていることにまで気付いていたのはおかしい」

「……それは、あいつが俺のことを調べていたってことですか？」

「いや、それも違うと思う。僕らは毎日、放課後の彼女の動向を窺《うかが》っていた。芹愛がこちらを調べていれば、必ず何処かで気付けたはずだ。となると考えられる可能性は一つだけ。彼女は時計部のことを調べたのではなく、最初から知っていた」

「……最初から？　どういう意味ですか？」

「やはり織原芹愛がタイムリーパーかもしれないということだ」

……いや、そんなことは有り得ない。

先輩だって昼間に否定していたじゃないか。芹愛は亜樹那さんの消失に対して、反応を見せなかった。タイムリープしているなら、知らない振りをする意味なんて……。

「思い出したんだ。僕らが織原亜樹那の消失について、彼女と姉の安奈に尋《たず》ねた時、二人の反応には明確な違いがあった。姉の安奈は、あの時こう言った」

『織原ってことは私の親戚《しんせき》だよね？　亜樹那って名前だったんだっけ？』

「一方、芹愛はこう答えた」

『そう言えば、亜樹那さんって何処にいったんだろう』

二人の回答については俺も覚えている。しかし、一体、何が違うのか分からない。

二人とも亜樹那さんのことを忘れていたが故の反応にしか思えなかった。

「時系列を整理するぞ。タイムリープに巻き込まれて消失する人間は、五年前の時震を境にこの世界から消失する。そして、織原亜樹那が織原泰輔《おりはらたいすけ》と再婚したのは、五年前の夏よりも後、その年の冬の出来事だったはずだ」

ということは、じゃあ……。

「気付いたか？　亜樹那は消失した時点では、まだ再婚していなかったんだ。だから姉の安奈は彼女のことをほとんど認識していなかった。親戚なのかと尋ねてきたのも、継母《ままはは》という認識がなかったからだろう。だが、芹愛は違う。『何処にいったんだろう』なんて言葉が、父親の恋人に対して出てくるだろうか？　自らの迂闊さに吐《は》き気《け》さえ覚えるよ。芹愛があんな風に言ったのは、彼女の中に継母と暮らしていた頃の記憶があったからだ」

「つまり、タイムリーパーだから以前の周回の記憶があったってことですか？」

「その可能性は否定出来ない」

「でも、だったら、どうして俺たちに隠したんでしょうか？　こんな訳の分からない状況に巻き込まれて、協力した方が良いに決まってるのに」

「心の底からそう思うよ。だからこそ僕は彼女がタイムリーパーではないと信じ込んでいた。けれど、夕方に雛美が推理した通りだったのかもしれない。思い出してくれ。僕らは今日、彼女をどうしようとしていた？」

部室の扉を振り返る。

「……時計部に閉じ込めて、夜までやり過ごそうとしていました」

「六周目の世界でも、僕らは同じ作戦を試みたことだろう。時計部に閉じ込められた記憶を持っていたから、芹愛は僕らのことを警戒していたんだ」

先輩の言葉が理解出来ないわけではない。話についていくだけで精一杯だったが、言われていることは分かる。しかし、それでも……。

「あくまでも可能性の話だ。君がここに呼び出されたと聞いてから、急造で組み立てた推論に過ぎない。考察するには、今はあまりにも時間がなさ過ぎる」

千歳先輩が俺の肩に手を乗せる。

「僕は今から雛美を追う。見つけられるか分からないが、彼女の目的を確認したい。芹愛のことは君に任せる。僕の考えはすべて伝えたつもりだ。あとは君の判断を信じる」

「……分かりました。先輩の推理を踏まえて、もう一度、あいつに確認してみます」

先輩の不器用な走り姿を見送った後で、再びグラウンドに目を落とした。

時刻は既に九時半になろうとしている。夜行祭のフィナーレを飾るキャンプファイヤーが始まる頃合いだ。

四周目の記憶では、このくらいの時刻から小雨《こさめ》が降り始めている。

グラウンドでも何人かの生徒が、空模様を気にするように顔を上げていた。

もちろん、眼下にも芹愛の姿は見つからない。

自分から呼び出しておいて、あいつは一体何をやっているんだろう……。

その時、不意に、背後に人の気配を感じた。
振り返った先、時計塔へと続くロビーにある扉が、いつの間にか開いていた。
半開きになった扉の脇《わき》に、一人の少女が立っている。
ずっと、彼女はそこから俺たちの動向を窺っていたのだろうか。

暗闇《くらやみ》に紛れて、織原芹愛が無表情に俺を見つめていた。

4

交錯した視線の狭間《はざま》に、どれくらいの沈黙が落ちただろう。
きびすを返した芹愛《せりあ》が扉の向こうに消え、慌ててその後を追うことになった。

普段、時計塔へと続く扉は施錠されている。
初めて足を踏み入れた塔の内部は、直径五メートルほどの円筒状になっていた。

大小様々な歯車が中央部で噛《か》み合っており、壁に内接するように螺旋《らせん》階段が設置されている。足音を響かせながら、芹愛は階段をどんどん上っていた。

螺旋階段の最上部に見える扉が開け放たれており、そこから差し込んだ灯《あか》りが、塔の内部に申し訳程度の視界をもたらしている。

あの最上部の扉は、芹愛が開けたのだろうか。

彼女が何のために螺旋階段を上っているのかも分からなかったが、今、出来るのはその後を追うことだけだった。

雛美《ひなみ》の想い人である古賀《こが》さんは、今もライブ会場にいるはずだ。

しかし、どれだけ責められても、雛美は夜行祭の最中に彼が時計塔から落下すると言い張っていた。友人からの報告を受け、千歳《ちとせ》先輩は雛美を嘘つきと弾劾していたけれど、もしも彼が何らかの方法で見張りの目から逃れていたら……。

剝《む》き出《だ》しの歯車たちが、噛み合いながら軋《きし》むような音を立てている。その光景に畏怖《いふ》のような感情さえ覚えながら、四階から続く扉、屋上から続く扉の横を通り過ぎ、芹愛の後を追って階段を上っていった。

そして、ようやく辿り着いた螺旋階段の最上部。

扉の先に、一メートルほど飛び出した空間が作られていた。

恐らく、ここが時刻調整用の窓なのだろう。

腰の辺りまでしかない低いフェンスに手をかけ、芹愛が夜風に髪をなびかせていた。

最初からこの扉は開いていた。俺は古賀さんが待っている可能性を予想していたが、芹愛のほかには誰の姿もなかった。

白鷹高校は町で一番高い丘の上に建造された建物である。

ここは、八津代《やつしろ》町で最も高い場所なはずだ。


芹愛はフェンスに手をかけたまま、ずっと遠くを眺めていた。

ポツリ、ポツリと降り出した雨が、その肩をゆっくりと濡《ぬ》らしていく。

その時、グラウンドで流れていた音楽が変わった。

フィナーレのキャンプファイヤーが始まるのだろう。

「……芹愛。お前、俺に話したいことがあるって言ってたよな」

振り返った芹愛の顔には、表情が浮かんでいなかった。

「電話じゃ言えないことって何だ？　どうして時計部に俺を呼び出したんだ？　何でずっと隠れていたんだよ」

「質問が多いね」

そっけなく答えてから、芹愛は塔の中に戻って来た。

「綜士《そうし》を時計部に呼び出したのは、ここに来たかったからだよ」

「ここに？　じゃあ、入口の鍵《かぎ》もお前が開けたのか？」

「トランペットの音を聞かなかったの？　夜行祭開始の合図が吹かれていたでしょ」

よく分からないが、その時に入口が解錠されたということだろうか。

「電話で急いでいるって言っていたのに、姿を見せなかったのはどうしてなんだ？」

「綜士が草薙千歳《くさなぎちとせ》と鈴鹿雛美《すずかひなみ》と一緒にいたから」

やはり、芹愛は時計塔の中に隠れて、俺たちの様子をずっと窺っていたのだろう。

「二人が消えなかったら、どうするつもりだったんだ？」

「どうするかは見せたでしょ。鈴鹿雛美にメールを送ったわ」

あの時、雛美が受け取ったメールの送信相手は、芹愛だったのか……。

あいつは絶対に見せようとしなかったし、古賀さんからのものではないと思っていたけれど、その相手が芹愛だったなんて夢にも思わなかった。

「あなたたち三人の目的は何？　時計部って何をする部活なの？」

「それが、お前の聞きたかったことか？」

芹愛は肯定も否定もせずに、こちらを見つめ続ける。

「誤解しているよ。俺も雛美も時計部の部員じゃない。時計部に所属しているのは、今も昔も千歳先輩一人だけだ。活動内容は、まあ、あってないようなもんかな。事実上、あの部室を私室にするための部なんだと思う。先輩は二回、留年していてさ。単位のこととかはよく分かんないけど、普段からほとんど授業に出ていないんだ。大抵、いつでもあの部室にいる。これで、聞きたかった質問の答えになっているか？」

相変わらず、芹愛の表情は変わらない。

何を考えているのか、さっぱり分からなかった。

「そっちの質問が終わったなら、俺からも良いかな。今日の日中、用事があって何度か電話をしたんだけど繋がらなかった。携帯電話、充電でも切れていたのか？」

「……そう。やっぱり私を呼び出そうとしていたんだね。用事って何？　私をあの部室に閉じ込めること？」

芹愛の目の色が変わった。

「……何を言ってるんだ？　閉じ込めるって何の話だよ」

「とぼけるつもり？　あなたたちは私をあの部室に監禁するつもりだったでしょ？」

芹愛の瞳《ひとみ》に、明確な敵意が浮かぶ。

それと同時に、別れ際の千歳先輩の言葉が蘇った。

「それを知っているってことは、やっぱり、お前がタイムリープしているのか？」

「ええ。……綜士と同じようにね」

千歳先輩の推理は正しかった。本当に芹愛が三人目のタイムリーパーだったのだ。
最初にそれを雛美に指摘された時、俺はそもそも『タイムリープ』という言葉の意味を理解していなかった。しかし、今、芹愛は俺の問いに対して、一も二もなく首肯している。自分が『タイムリーパー』であることを自覚しているのだ。

でも、だとしたら何故、

「どうして今日まで黙っていたんだ？　俺たちは三週間前に、消失した亜樹那《あきな》さんのことを聞きに行ったよな？　あの時に気付いたはずだろ？　三人の内の誰がタイムリープしているかまでは分からなかったかもだけど、俺たちが同じ状況で苦しんでいるって気付いたはずだ。それなのに、何で知らない振りを……」

「前提が間違っているから、その質問には答えようがない。綜士がタイムリープをしていることは、もっと前から知っていた」

「もっと前って、いつから……」

「一年前」

聞き間違いだろうか。

俺が戻されるのは、今年の九月十日だ。

一年前なんてまだタイムリープを経験していない。

「意味が分からない。お前、今、一年前って言ったのか？」

「ええ、そう言ったわ。私はタイムリープの度に一年前に戻ってしまう。だから、一年前から綜士のことには気付いていた。いいえ。もっと正確に言えば、この一年間が始まる前から、ある程度の予想はついていた。お父さんが亡くなったことを知らせようとした時に、杵城《きじょう》家からあなたの母親が消えていることに気付いたから」

……この一年間が始まる前？　六周目の世界の話ってことか？

「その時に、自分以外にもタイムリープをしている人間がいるんだって悟ったわ。そしてそれ以来、ずっと、綜士を疑っていた。考えてみれば、不思議なことはそれ以前からあった。だって今まで一度もそんなことはなかったのに、あなたはお父さんのお見舞いに来たから。でも、確信までは持てなかった。そのせいで、結局、私はあなたたちに監禁され、失敗することになってしまった」

……駄目だ。脳の処理が追いつかない。

自分に千歳先輩のような頭脳がないことが恨めしい。こんなにも脳をフル回転させているのに、考察が追いつかなかった。

芹愛がタイムリーパーであることは分かった。どうやら一年前に戻されることも理解はした。だが、今の話を聞く限り芹愛は……。

「校内で私をつけていた草薙千歳を撒き、携帯電話の電源を落としていたのは、そういうことよ。あなたたちに捕まってしまったら、また失敗してしまう。だから、私は夜まで姿を隠すことにした」

懇願《こんがん》するような眼差しが突き刺さる。

「答えてよ。私を監禁したのはどうして？　あなたたち三人の目的は何なの？」

「……ちょっと待ってくれ。状況が整理出来ない」

芹愛は順を追って説明したつもりかもしれないが、あまりにも多くの情報が一度に入ってきたせいで、頭がどうにかなってしまいそうだった。しかし、それでも、一つだけ確実に分かったことがある。

「ここは七周目の世界じゃなかったってことなんだな」

「七周目？」

今度は彼女が困惑の眼差しを浮かべる番だった。

「多分、お前には勘違いしていることが幾つかあると思う。俺とお前だけじゃないんだ。五組の鈴鹿雛美もタイムリープしている。あいつが最初に過去に飛んだんだ」

想定外の言葉だったのだろう。芹愛が目を細める。

「お前さ、タイムリープが発生する条件って分かっているか？　『大切な人間が死んで絶望すること』俺たちはそう定義していた。お前も誰か身近な人間が死ぬと、時震が起きて過去に戻るのか？」

・曖昧な表情のまま芹愛は頷く。

「雛美はタイムリープが起きると半年前に戻るらしい。俺は一ヵ月前だ。何でこんなに飛ばされる期間がバラバラなんだろうな。雛美は三回、俺は二回、これまでにタイムリープをしている。だから、最初はここが六周目の世界だって思っていた。だけど、亜樹那さんが消えていたことで、もう一人、三人目のタイムリーパーがいるんだって気付いた。三人がタイムリープした回数を合計したら、ここは七周目の世界ってことになる。……そう思っていたかったんだけどな。お前も一回だけじゃないんだろ？」

今まで一度もお見舞いに来たことがなかったと、芹愛はそう言っていた。その言葉から推察すれば、芹愛が過去に飛ばされたのは、これが初めてではない。

「お互いに勘違いしていることだらけだったみたいね」

「芹愛。お前は何回やり直しているんだ？　これが何周目の世界なのか、今のお前なら分かるだろ？」

「そうだね。分かるよ。教えてあげようか？」

「頼む。それが分かれば、きっと千歳先輩が……」

「十五周目の世界だよ」

言葉を失っていた。

想定外過ぎる数字に、反応さえ出来なかった。

十五周目？　嘘だろ？　俺と雛美は合計で五回タイムリープしている。じゃあ、芹愛はこれまでに一体何回……。

「過去に戻される期間が、三人とも異なっている理由にも想像がついた。タイムリープを経験した順に、戻される期間が長いのよ。最初に鈴鹿雛美がタイムリープをしたって言っていたけど、恐らくそれは間違いだわ。最初にタイムリープを経験したのは私。彼女が初めてタイムリープをしたのは、九周目でしょうね」

九周目だと？　そんな馬鹿な話が有り得るのか？

「初めて出来た親友たちも、親身になって教えてくれた顧問や先輩も、皆、私のせいで消えてしまった。あがけばあがくほどに世界はめちゃくちゃになっていった」

芹愛の声が震えていた。

「自分の身に何が起きているのか分からなかったし、このまま狂ってしまうんじゃないかと何度も思った。自分だけが世界を繰り返しているんだって気付いた後も、どうして良いかなんてまったく分からなかった」

顔に手を当てて芹愛がうつむく。

芹愛は俺たちより先に八回もタイムリープしていた。しかも、八回世界を繰り返した後で、雛美と俺がタイムリープに至り、その後で、多分もう一回……。

ずっと、芹愛は友達なんて必要としていないのだと思っていた。そう信じて疑いもしていなかったのに、真実は大きく異なっていた。

友達を作らなかったわけじゃない。

友達が欲しくなかったわけでもない。

すべての仲間がタイムリープに巻き込まれて消えてしまっただけだったのだ。

一年前に戻されるということは、目覚める度に、高校一年生の秋になっているということである。自分がタイムリープする度に、親しい人間から消えていく。そのルールに気付けていたとしても、入学してからの半年間で築いた人間関係はリセット出来ない。

俺が知っている芹愛は誰よりも孤独な女だった。豊かな才能に恵まれているのに、陸上部にも、クラスメイトにも、友達の一人すらいない、そういう女だった。けれど、すべては生まれついたが故ではなく、運命みたいな何かに振り回され続けた結果だった。

高校に入学して、初めて出来た親友たち。自分を認めてくれた恩師や先輩たち。芹愛は高校生になり、ようやく当たり前みたいな交友関係を周囲と築けるようになったのだ。

しかし、そうやって心を許した人たちは全員が……。

そんな現実を突きつけられた後で、もう一度、誰かに心を許せるはずがない。

芹愛が経験してきただろう孤独と痛みは、想像も出来なかった。


「……亜樹那さんが消えたのは、お前の最後のタイムリープでなのか？」

顔を押さえたまま、芹愛は頷く。

芹愛と亜樹那さんの関係が上手《うま》くいっていないという話は、母親に何度か聞いたことがあった。だからこそ、亜樹那さんは九番目に消えることになったのだろう。

目の前にいるのは見紛《みまご》うことなき十七歳の少女だが、タイムリープの度に一年も過去に戻されるのだとしたら、芹愛の精神年齢は既に……。

「でもさ、お前が八回過去に飛んだ後で、雛美と俺がタイムリープしたってことは、一度は絶望の回避に成功しているってことだよな。その時の自分が何をしたか、推測出来ないか？　協力させてくれよ。これ以上の繰り返しはうんざりだ。それに……」

繰り返されたタイムリープで消えなかった、芹愛の最愛の人。

思いつく相手は、たった一人しかいない。

「死んでしまうのは安奈《あんな》さんなんだろ？」

その名前を口にすると、芹愛が身体を震わせた。

「教えてくれ。安奈さんはいつ、どうやって死ぬんだ？　俺に出来ることがあれば、何でも言ってくれ。力になりたいんだ」

こんなにも近い距離で育ってきたのに、俺が犯してしまった過ちのせいで、二人の人生は長く分かたれていた。

もう二度と、交錯することも、重なることもないのだと。

たとえ彼女が泣いていても、この手を差し伸べることは赦《ゆる》されていないのだと。

今日まで、ずっと、そう信じてきたけれど……。

「五年前のことを今でも毎日思い出すんだ。俺はお前に取り返しのつかないことをやってしまった。ずっと、死ぬほど後悔してきた。あの時の借りを返したい。最低最悪の嘘をついた俺を、あんな馬鹿な男を庇《かば》ってくれたお前のために……」

長い沈黙の後で。

「……鈴鹿雛美に送ったメールの内容を教えてあげる」

芹愛は携帯電話の画面を突き出してきた。

『あなたにだけ打ち明けたい秘密がある。絶対に一人で、夜行祭の会場に来て欲しい』

「あの子は今、必死になって人混みの中で私を探していると思う」

芹愛の言葉を確かめるために、時刻調整用の窓へと出た。

すぐ横に想像以上に大きな時計の針が見える。ギリギリで長針の針が届かない位置に、このスペースは作られていた。

腰の辺りに設置されたフェンスに手をかけ、グラウンドを見下ろす。キャンプファイヤーが始まったグラウンドは、生徒と外部からの客でごった返していた。

「さすがにこの人混みじゃ、人を探すのは難しいかもな」

諦《あきら》めて螺旋階段に戻ろうとしたその時、背中に何かが当てられた。

それが、芹愛の手の平であると気付くより早く……。

「動かないで」

強張《こわば》った彼女の声が鼓膜に届く。

「綜士が言った通り、私をタイムリープさせるのは、お姉ちゃんの死だよ。お姉ちゃんの死を知った瞬間に地震が起きて、一年前に戻ってしまう。だけど、そんなルールに気付いてからも、吐き気を覚えるほどに同じ時を繰り返してしまった」

恐らくは最初に八回、それから、雛美と俺が跳躍した後で、もう一回。でも……。

「動かないでって言ったでしょ！」

振り返ろうとした身体を、鋭い声で牽制《けんせい》される。

「……どうして安奈さんの死を止められなかったんだ？　泰輔《たいすけ》さんみたいに病気で死ぬわけじゃないんだろ？」

「死因が変わるのよ」


死因が変わる……だと？

「タイムリープをする前に知った死因を取り除いても、次は別の理由で死んでしまう。何度やり直しても、今日の午後十時を過ぎると、お姉ちゃんは死んでしまう」

「何だよ、それ……。死ぬって分かってるなら、その時刻に守ってやれば……」

「守ろうとしたわよ！　守ろうとしたに決まってるでしょ！　でも、駄目だった。感電死だったこともある。アレルギー性の中毒死だったこともある。死因が変わるせいで、何をやっても、お姉ちゃんを救えなかった。だけど、同じ時を繰り返す内に気付いてしまった。お姉ちゃんの死には、必ずある人間が関わっているんだって」

背中に当てられている手の平に、少しだけ力が入った気がした。

そして、その意味を俺が悟るより早く……。

「綜士。いつもあなたのせいで、お姉ちゃんは死ぬの」

……俺のせいで？　どういうことだよ。

俺はただの隣人だ。安奈さんとなんて深く関わっていない。

「あなたには意味が分からないでしょうね。だって、別にお姉ちゃんは綜士に殺されるわけじゃないんだもの。だけど、必ず死因にはあなたが関わっていた。今朝、お姉ちゃんにバスヒーターを貸したでしょ？　長く使っていなかったせいで壊れていたんだと思う。お姉ちゃんはそれを修理しようとして感電するの」

じゃあ、日中、芹愛が河川敷にバスヒーターを捨てたのは……。

「親戚からのお土産だって、海外のチーズをプレゼントされたこともあったわ。でもね、お姉ちゃんはチーズアレルギーなの。大の大人がアレルギーで死ぬなんてって思うかもしれないけど、お姉ちゃんは身体が極端に弱いから、そんなことでも……」

母親が消える直前の周回で、叔母さんのイタリア土産を渡したことがあった。中身が何か分かりづらい包装だったことを記憶している。それがチーズだと気付かずに、安奈さんは味見でもしてしまったということだろうか。

「全部、捨ててやったわ。今日も綜士がお姉ちゃんに渡したバスヒーターを捨ててきた。

だけど、そんなことをしても無駄なの。バスヒーターがなくなったって気付いて、探している内に転んで頭を打ってしまったこともある。ずっと一緒にいれば良いんじゃないかって思って、お姉ちゃんの部屋で手を繋いでいたのに、電話がかかってきて、一階に下りようとした時に足を滑《すべ》らせてしまったこともある」

「その電話ってのは……」

「タイムリープする直前に確認したわ。電話をかけてきたのは綜士だった」

そんな出来事、俺の記憶には残っていない。しかし、芹愛が嘘をつく理由もない。

「何度もタイムリープを繰り返す内に悟ったの。理屈なんて分からない。何故、こんなルールに縛られているのかも分からない。でも、確実なことが一つだけある」

「綜士がいる限り、世界はお姉ちゃんの生存を許さないの」

降り出した雨が肩を濡らしていく。

眼下ではキャンプファイヤーが続いていた。時空の歪みに囚《とら》われ、どうしようもない迷路に迷い込んだ俺たちを嘲笑うかのように、陽気なワルツが鼓膜に届く。

「夜行祭が終われば、お姉ちゃんはまた死んでしまう。私にはもうお姉ちゃんしかいないのに、お姉ちゃんには何の罪もないのに、世界に殺されてしまう」

シャツの背中を、ぎゅっと摑まれる。

「綜士が消えれば、きっと、お姉ちゃんは今日を越えられる。だから、私はあなたをここに呼び出した。今日、この時刻なら、時計塔の入口が施錠《せじょう》されないって知っていたから」

ようやく、何もかもを悟る。

芹愛が俺をここに呼んだ理由、すべては、この時のためだった。

彼女は俺をここから……。

……それでも、抵抗することは出来るだろう。

幾ら芹愛が運動神経抜群とはいえ、女は女だ。力には限界がある。フェンスを摑むだけで、突き飛ばされても落下は防げるはずだ。

そう、頭では分かっていたのに、意識もせぬまま俺は手すりを離していた。

そして、まったく同じタイミングで、背中に当てられていた彼女の手が離れていく。

どうして突き落とされなかったのか。不思議に思いながら振り返ると、

「……出来るわけないじゃない」

嗚咽《おえつ》を零しながら、芹愛がその場に崩れ落ちた。

「綜士を突き落とせば、すべてが終わる。お姉ちゃんの死も、繰り返し続けた時間も、きっと全部が終わる。でも、出来ない！　そんなこと出来るはずないじゃない！」

両手で頭を抱えながら、

「あ……ああ……ああああぁぁぁ！」

言葉にならない悲鳴と共に、芹愛はただ泣きじゃくっていた。

5

芹愛《せりあ》がタイムリーパーだったこと。

その絶望が最愛の姉の死をきっかけとして始まること。

突きつけられた事実がその二つだけだったなら、こんなにも戸惑うことはなかっただろう。しかし、真実は俺たちの想像を遥《はる》かに超えて、複雑で残酷だった。

芹愛の話はその大部分が推測に頼っている。安奈《あんな》さんの死に必ず俺が絡んでいるとか、どちらか一人しか生存を許されないなんて、簡単には信じられるはずもない。

だが、ここに至り、芹愛が嘘をつく理由などないこともまた事実だ。何より眼前で嗚咽を続ける芹愛の言葉が嘘だなんて、天地がひっくり返ったって思えやしない。

「……綜士《そうし》のことが憎いくらいに羨《うらや》ましかった」

泣きやんだ後で、芹愛が告げた言葉の意味が分からなかった。

「時計部の部室に監禁された時に、綜士が自分と同じ現象に巻き込まれていたんだって確信した。でも、あなたと私には決定的な違いもあった。だって仲間がいたんだから」

膝《ひざ》に手を当てて、芹愛がゆっくりと立ち上がる。

「綜士は変わったね。まさか五年前のことを謝られるとは思わなかった。さっき、借りを返したいって言ってくれたでしょ？　その言葉だけで十分だよ。お陰で私も覚悟を決めることが出来た」

「覚悟って何だよ」

「すべてを終わらせる方法は、多分、もう一つあるの」

俺の脇を通り過ぎて、芹愛が再び時刻調整用の窓に立つ。

「お前、まさか……」

「初めから、こうすれば良かったんだよね。結局、お姉ちゃんは救えなかったけど、私が消えれば、もう世界が繰り返すこともなくなる」

芹愛が手すりに手をかけたその時、ようやく愚かな俺は気付く。

四周目の世界と、五周目の世界で、俺たちがそう思い込んでいた世界で、芹愛が回送電車の前に飛び込んだ理由。

芹愛は自分のタイムリープを止めるために、死を選ぼうとしていたのだ。

「本当は最初から、こうすべきだったんだと思う。私がもっと早く決断出来ていれば、友達も、先生も、亜樹那《あきな》さんのことも、世界から消し去ってしまうことはなかった」

覚悟でも飲み込むように芹愛が大きく息を吸い込み……。

次の瞬間、俺は彼女の手首を強く摑んでいた。

「待ってくれ。聞いて欲しい話がある」

「……良いよ。これが最後だもの。話くらいは聞いても良い。もうすぐお姉ちゃんは死んでしまうだろうけど、それを知る前に私が死ねば、タイムリープは起こらない」

「違うんだ。それが違うんだよ」

「違うって何が？　言ったでしょ。綜士が生きている限り、お姉ちゃんの死は止められないの。繰り返し続けた一年間で、それはもう証明されて……」

「そうじゃないんだ。お前の話を否定するつもりはない。ただ、一つだけ誤解がある。お前が死んでも、タイムリープは絶対に終わらないんだ」

「……どうして？」

戸惑いの眼差しを隠さない芹愛は、本当に気付いていないのだろう。笑えるくらいに彼女は俺のことなんて理解しちゃいなかったのだ。

こんな日がくるとは思わなかった。

きっと、死ぬまで、この想いを告白することなどないと信じていたのに……。

「お前が死ぬと、俺が過去に戻るからだよ」

彼女を掴んでいた手を離し、それを告げる。

口を半開きにしたまま、芹愛は固まってしまっていた。

「本当は死ぬまで隠し通すつもりだったけど、そういうことだ」

「……え、何で？」

頰《ほお》を引きつらせた芹愛が、ようやく発した言葉は疑問符だった。

「そういう反応にもなるよな。俺は五年前に、お前を泥棒に仕立てあげようとした犯人だ。お前の評判を落とすために、本当に卑怯《ひきょう》なことをやっちまった。殺したいくらいに当時の自分が憎いよ」

後ろめたさが邪魔をして、芹愛の目をまともに見ることすら出来ない。

「毎日、後悔しながら生きていた。皆に軽蔑《けいべつ》されて、友達を失って、そうやって孤独になったお前を見て、ざまあみろって思うはずだったのに、いつの間にか何もかもが裏返っていた。お前に刺さる痛みが、全部、自分にも突き刺さっていたんだ。今更、何を言っても赦してもらえないって分かってる。信じてもらえないとも思ってる。でもさ、お前に幸せになって欲しかったんだよ。本当に、心の底からそう思いながら生きてきた」

何もかもを正直に伝えても、きっと、ありのままには受け取ってもらえない。
きっと、それが誰よりも卑怯な俺への罰だった。

「嘘みたいだろ？　こんなにも最低な人間なのにさ、恥ずかしげもなく、お前のことを好きだとか思ってるんだぜ」

恐る恐る顔を上げると、真顔で芹愛が俺を見つめていた。

眼下では夜行祭のエンディングが始まっている。もうすぐ午後十時になるのだ。

「理解出来たか？　お前が死んでも何も解決しないんだ。だから、たった一つの正しい解決策は、こういうことだ」

再び芹愛の手首を摑み、螺旋階段へ引っ張ると同時に、身体の位置を入れ替えた。

「俺が死ねば、安奈さんは死なない。お前の言葉を信じるよ。これで、今度こそすべてが終わるはずだ」

「待って！　そんなこと！　お姉ちゃんの代わりに綜士が死ぬなんて……」

「でも、これ以外に冴《さ》えたやり方はない。それに、馬鹿みたいだけど、ちょっと嬉しいんだ。ずっと、お前の青春時代を奪ってしまった償いをしたかったから」

虚勢ではなく、本当に、微塵《みじん》も恐怖を感じていなかった。

「せっかく出来た親友も、母親も、タイムリープに巻き込んで消してしまった。だからなのかな。ほとんど未練もない。あの日の借りを返せるなら、俺はそれで構わない」

フェンスを乗り越えて、時刻調整用の窓の縁に立つ。

「……ああ、そうだ。最後に一つだけお願いしても良いかな」

まだ、冷静な判断がついていないのだろう。動揺を隠せない芹愛に告げる。

「俺が死んだら、千歳《ちとせ》先輩に謝って欲しいんだ。先輩は自殺をする人間は最低だって言っていた。俺もそう思っていた。でもさ、このがんじがらめの状況じゃ、これしか解決策がない。だから先輩なら分かってくれると思う」

千歳先輩は俺たちのタイムリープを止めるために、一ヵ月間、全力を尽くしてくれた。

その先輩に、何も告げられずにこの世界を去ることを、心苦しく思う。

だけど、これこそが完璧《かんぺき》な解答なはずだ。安奈さんが死ぬまで、もう時間もない。選び得る選択肢の中で最良のものを俺は選び取ったはずだ。

「芹愛、本当に悪かった。ずっと、ごめんな」

それを最後に告げて、手すりを押した。

ゆっくりと身体がフェンスから離れていき……。

「やめろ！　綜士！」

下方から絶叫が響いた。

重力に引かれ、斜めになっていく身体で、声のした方へ視線をやると、千歳先輩と雛美《ひなみ》がグラウンドに立っていた。

そして、次の瞬間、雛美が頭を両手で抱え……。

「いやあああああああああああああぁぁぁぁぁぁぁ！」

鼓膜が破けるほどの悲鳴が届き、恐るべき速度でピースがはまっていく。

ずっと、鈴鹿雛美《すずかひなみ》は俺たちに嘘をついていた。

頑《かたく》なに何かを隠し続けようとしていた。

今日、ここで死ぬと言われていた古賀将成《こがしょうせい》は、しかし、夜行祭になど現れるはずのない男で、それは、何度世界がやり直されても変わるようには思えず……。

必死にフェンスへと手を伸ばしたけれど、重力に引かれた身体は戻らない。

むなしく宙を摑み、頭から落下していく。

『私は嘘なんてついていない！　本当に彼は時計塔から落ちて死ぬの！』

雛美は適当なことばかり言っている女だったが、最初から最後まで、彼の死についてだけは一貫して同じ主張を続けていた。

彼女の想い人は、夜行祭の最中に、時計塔から落ちて死ぬ。

今、ほかならぬこの俺が落下しているように……。

『織原芹愛《おりはらせりあ》と古賀将成の死は、わずか数時間の内に発生している。偶然と呼ぶには二つの出来事が近過ぎる。因果《いんが》関係で結びつけない限り、納得が出来ない』

『古賀将成の死を止めたから、織原芹愛が死ぬことになった。そういう因果関係があったせいで、二つの死のタイミングが近かった』

あの時は、先輩の言葉の意味がよく分からなかったけれど。

もしも、その名前が『古賀将成』ではなく、『杵城綜士《きじょうそうし》』だったとしたら……。

俺は何か致命的な勘違いをしていたのだろうか。

必死に手を伸ばした先で、フェンスから身体を乗り出した芹愛が小さくなっていく。

結局、俺の人生には後悔しか残らないということなのだろう。
哀《かな》しいけれど、それだけは間違いなさそうだった。

第三幕『君と時計と雨の雛』に続く

あとがき

本作『君と時計と塔の雨』は、第一幕『君と時計と嘘の塔』の続編となります。第一幕から読んで頂けると嬉しいです。

あの日、あの時、あの場所に戻って、もしもあの瞬間をやり直せたなら。もう二度と間違ったりはしないのに。


三ヵ月前の午前二時、私はそんな文章から第一幕のあとがきを書き始めました。

そして、今、激しく後悔しています。

やり直せるのなら、もう二度と間違ったりしないのに。そんな言葉を書き綴ることと自体が間違いだったのだと、どうしてあの時、気付けなかったのでしょうか。

あの日、第一幕のあとがきを書いてしまったが故に、私はこの第二幕で再び、白紙の原稿データを前に苦悩することになりました。

「あとがきは最終巻だけでも良いかもしれませんね」

心優しい担当編集は、私の負担を考えてそう言って下さっていたのに、『あとがきから逃げなかった記憶が欲しい』とか何とか言いながら、愚かな若者は調子に乗ってあとがきを書き、再びこうして苦悩することになりました。

あとがきから逃げないなどと言っていましたが、冷静に考えると意味が分かりません。そもそも逃げなかった記憶が欲しいという言葉自体、とある漫画で主人公が言っていた台詞を、自分でも言ってみたかっただけなのです。

一時の感情に流されたが故に、私は再び大いなる痛みを経験することになりました。叶うならば三ヵ月前にタイムリープしたい。浅はかにも第一幕のあとがきに手を出そうとする自分を止めたい。しかし……そんなことは夢のまた夢なのです。

人には叶えることの出来る幸せと、叶えることの出来ない幸せがあります。

今後【講談社タイガ】で執筆するだろう若人のために、己の失敗をここに記します。一度書いてしまったら最後、次も書かなくてはならなくなるのです。エンドレス・ナイトメアです。皆様、どうかあとがきに手を出す時は、くれぐれも熟考して下さい。

それでは、第三幕『君と時計と雨の雛』でも、皆様と会えることを願いながら。

綾崎《あやさき》 隼《しゅん》

本書は書き下ろしです。

〈著者紹介〉

綾崎 隼（あやさき・しゅん）

2009年、第16回電撃小説大賞選考委員奨励賞を受賞し、『蒼空時雨』（メディアワークス文庫）でデビュー。「花鳥風月」シリーズ、「ノーブルチルドレン」シリーズなど、メディアワークス文庫にて人気シリーズを多数刊行している。近著に『レッドスワンの奏鳴』（KADOKAWA／アスキー・メディアワークス）がある。

君《きみ》と時計《とけい》と塔《とう》の雨《あめ》

第二幕《だいにまく》

2016年2月17日 第1刷発行

著者……………………………綾崎《あやさき》 隼《しゅん》

発行者…………………………鈴木 哲

発行所…………………………株式会社 講談社

〒112-8001 東京都文京区音羽2-12-21

編集03-5395-3506

販売03-5395-5817

業務03-5395-3615

本文データ制作…………講談社デジタル製作部

印刷……………………………凸版印刷株式会社

製本……………………………株式会社若林製本工場

カバー印刷…………………慶昌堂印刷株式会社

装丁フォーマット…………ムシカゴグラフィクス

本文フォーマット…………next door design

ISBN978-4-06-294016-0 N.D.C.913 242p 15cm

Coming Soon!

「君と時計」四部作シリーズ待望の第三巻は、
2016年5月刊行予定!

君と時計と雨の雛

第三幕

衝撃のラストが待ち受ける完結篇は、
2016年刊行予定——

君と時計と雛の嘘

第四幕

イラスト：pomodorosa

講談社
タイガ

青崎有吾

アンデッドガール・マーダーファルス　1

イラスト
大暮維人

　吸血鬼に人造人間、怪盗・人狼・切り裂き魔、そして名探偵。異形が蠢《うごめ》く十九世紀末のヨーロッパで、人類親和派の吸血鬼が、銀の杭《くい》に貫かれ惨殺された……!? 解決のために呼ばれたのは、人が忌避する"怪物事件"専門の探偵・輪堂《りんどう》鴉《あ》夜《や》と、奇妙な鳥籠を持つ男・真打《しんうち》津《つ》軽《がる》。彼らは残された手がかりや怪物故《ゆえ》の特性から、推理を導き出す。謎に満ちた悪夢のような笑劇《ファルス》……ここに開幕！

講談社タイガ

天野頌子

僕と死神《ボディガード》の黒い糸

イラスト
佐原ミズ

世界を動かす大富豪の家に生まれ、その立場上、身の危険にさらされることが多い、十歳の御曹司・海堂凜《かいどうりん》。二年前に起きた両親の死亡事故から孤独を深めていたが、「ある秘密」を抱えた元SPのボディガード・永瀬《ながせ》の登場によって、少しずつ変化が訪れる。死と隣り合わせの凜と、彼を守る最強の死神《ボディガード》。不思議な黒い糸で結ばれた二人は、残酷な運命へと立ち向かっていく……。

講談社
タイガ

高里椎奈

異端審問ラボ

魔女の事件簿 1

イラスト

スオウ

栄養科学研究所《ラボ》に配属された千鳥《チドリ》は、言語学研の鳶《トビ》、考古学研の鶇《ツグミ》とともに、研究室で起きた殺人未遂事件を偶然目撃してしまう。この一件を発端に次々と起こる——書庫の放火、連続通り魔事件に巻き込まれていく千鳥たちは「一冊の文献」と「植物の化石」を手に入れることに。三人は化石をめぐる実験をはじめるが……。「知」への好奇心が異端にふれ、禁断の扉が今ひらかれる！

講談社タイガ

美少年シリーズ

西尾維新

ぺてん師と空気男と美少年

イラスト
キナコ

私立指輪《ゆびわ》学園で暗躍する美少年探偵団。正規メンバーは団長・双頭院学《そうとういんまなぶ》、副団長にして生徒会長・咲口長広《さきぐちながひろ》、番長だが料理上手の袋井満《ふくろいみちる》、学園一の美脚を誇る足利飆太《あしかがひょうた》、美術の天才・指輪創作《そうさく》だ。縁あって彼らと行動を共にする瞳島眉美《とうじままゆみ》は、ある日とんでもない落とし物を拾ってしまう。それは探偵団をライバル校に誘《いざな》う『謎』だった。美学とペテンが鎬《しのぎ》を削る、美少年シリーズ第二作！

講談社
タイガ

野崎まど

バビロン　I　―女―

イラスト
ざいん

東京地検特捜部検事・正崎善《せいざきぜん》は、製薬会社と大学が関与した臨床研究不正事件を追っていた。その捜査の中で正崎は、麻酔科医・因幡信《いなばしん》が記した一枚の書面を発見する。そこに残されていたのは、毛や皮膚混じりの異様な血痕と、紙を埋め尽くした無数の文字、アルファベットの「F」だった。正崎は事件の謎を追ううちに、大型選挙の裏に潜む陰謀と、それを操る人物の存在に気がつき!?